现代汉语言文学研究与探索

付艳红　著

延边大学出版社

图书在版编目（CIP）数据

现代汉语言文学研究与探索 / 付艳红著. -- 延吉 ：
延边大学出版社，2022.8

ISBN 978-7-230-03767-9

Ⅰ. ①现⋯ Ⅱ. ①付⋯ Ⅲ. ①中国文学－现代文学－
文学研究 Ⅳ. ①I206.6

中国版本图书馆CIP数据核字(2022)第158403号

现代汉语言文学研究与探索

著　　者：付艳红
责任编辑：金璟璇
封面设计：李金艳
出版发行：延边大学出版社
社　　址：吉林省延吉市公园路977号　　　　邮　　编：133002
网　　址：http://www.ydcbs.com　　　　E-mail：ydcbs@ydcbs.com
电　　话：0433-2732435　　　　传　　真：0433-2732434
印　　刷：英格拉姆印刷(固安)有限公司
开　　本：710×1000　1/16
印　　张：13
字　　数：200 千字
版　　次：2022 年 8 月 第 1 版
印　　次：2023 年 1 月 第 1 次印刷
书　　号：ISBN 978-7-230-03767-9

定价：68.00元

前　言

语言作为人们交流信息的工具，在人类社会实践中发挥着重要作用。汉语言文学是中国的文化瑰宝，是传承中华民族五千年文化的重要方式之一。研究汉语言文学不仅能为语言的发展提供理论支撑，还能为人类探索语言文学贡献力量。随着时代的进步和网络科技的兴起，汉语言文学如今正在面临着新的机遇和挑战。

基于此，笔者在参阅大量相关文献的基础上精心策划并撰写了本书，以期不断丰富、完善汉语言文学理论的研究内容，推动汉语言文学理论研究的发展。

本书共分为九章，第一章介绍了汉语言的风格类型和文学特征，第二章主要对汉语言中的文字、语音、词汇和语法进行了概述，第三章探讨了中国现代文学的产生和发展历程，第四章介绍了中国现代文学的奠基人，第五章探究了中国现代文学的表现形式，第六章阐述了汉语言文学在新时代的发展，第七章对现代汉语言文学的进一步发展进行了探索。

因笔者知识水平、文字表达能力有限，本书存在些许不足，希望各位专家、学者和广大读者能够予以谅解，并给予批评指正。

付艳红

2022 年 6 月

目　　录

第一章　汉语言及其文化内涵

第一节　语言和语言学

一、语言的本质

语言作为工具是有大量证据的，不能否认语言工具性的一面。从历史上来看，语言的确主要是起源于对"物"的命名。现实中，这种语言的命名性质仍然是普遍存在的。语言首先是词与物的关系，西方的一些语言哲学家为了证明语言与世界的同一性，认为所有的词都是思想的产物，如路德维希·维特根斯坦主张，只有当人们在行动中表明他们学会正确使用关于感觉的语词时，他们才能正确地分辨感觉。雅克·拉康说："真理来自言语，而不是来自现实。"完全否认语言的命名性质，是非常牵强而片面的。但语言绝不只是工具，正如马丁·海德格尔所说："把语言定义为交流信息促进理解的工具……只不过指出了语言本质的一点效用。语言不仅仅是一种工具。"从层面上来说，语言的工具性主要在物质层面上是正确的，思想就很难用工具说来概括。戈特弗里德·威廉·莱布尼兹指出了"事实真理"和"理性真理"的区别，认为真理有两个截然不同的来源：经验事实和词语的含义。这其实已经深刻地说明了语言与世界之间的两方面的关系：在人与物质世界的连接中，语言是媒介、工具；但在精神世界中，真理却是语言本身。

不能因为思想与现实的紧密关系而认为思想完全依附于现实。思想来源于现实世界，但思想积累到一定程度后就会变得具有自足性，不仅仅是世界影响思想，思想对人对世界的认识也具有制约性，这是现代解释学和自然科学充分证明了的。人的思想和信念其实就是语言，我们只有通过对语言的研究才能把握思想，没有不通过语言表达而独立的思想。语言的特征和功用最先指向物质世界，语词首先是代表事物，这是不能否定的，但语言绝不仅仅指向物质世界，更重要的是表征精神世界。有的词语并没有指向物质世界，但是对人来说，它更具有根本性，这种语言本身构成一个世界，对人有意义。所以，不能简单地根据语义分析就把一些"不能言说"的所谓"假"的表述排斥在哲学范围之外。

完全不承认语言的"器"的性质是错误的。语言既有"器"的性质，也有"道"的性质，既是形而下的，也是形而上的，这是两个不同的层面，否定其中任何一个层面都是片面的。20世纪学术所谓"哥白尼式的革命"，与其说是语言"转向"，还不如说是发现了语言的深层本质。语言不再只是"器"，它也是"道"，是世界观，是思想、思维本身。语言与思想、思维不再是分离的，而是一体的。这实际上是把语言上升到了本位，其意义是重大的，它开启了从语言学的角度对文化和文学进行深层研究的途径与方向。

思想观念和思维方式表面上是由主体控制的，怎么说、怎么想似乎纯粹是个人的事，在思想上人似乎是绝对自由的，但现代语言学从深层的角度证明了并不是这么回事。语言以一种无形而强大的力量控制着人的思想观念和思维方式。中国古代在思想和思维方式上不同于西方，原因当然是多方面的，但语言系统的不同应该说是最深层的原因。汉斯-格奥尔格·伽达默尔认为："在一个理解过程开始时，语言已经预先规定了文本和理解者双方的视域……文本在流传中形成的传统也以语言为其存在的历史方式，传统的范围是由语言给定的。理解者正是通过掌握语言接受了这个传统。因而，他所掌握的语言本身构成了他的基本的成见。"所谓传统、成见，其实就是语言的规定性。

　　语言本身构成一个自足的世界，即语言世界或人的世界，它又大致可以划分为精神和物质两个方面。物质世界是固有的，但人通过命名把它纳入了人的语言世界，所以即使是在词与物的关系上，语言所表现的世界也不等于实际的世界，在与动物比较的意义上，这是一个具有强烈人文特征的世界。世界是按照我们划分它的方式而划分的，我们把事物划分开来的主要方式是运用语言。我们的现实就是我们的语言范畴。精神世界则完全是由语言创造出来的，它不像石头、树木那样是世界本身所固有的。所谓"飞马"的难题，其实是语言工具论的难题，用语言本质精神论就可以永远地解决困难，"飞马"不是物而是思想，是不一定要有实在对象的。"金山"也是这样，它是一种意象、一种思想、一种观念的对象。

　　语言一旦和思想联系在一起，就会超越它的本质，成为精神性的东西。语言如果还仅仅只是词与物的关系，它就和人的许多"产物"没有什么区别。所以，威廉·冯·洪堡特认为：我们绝不能把语言看成与精神特性相隔绝的外在之物，当语言也表现出独立自主的创造性的时候，它就脱离了现象的领域，成为一种观念的、精神的存在……虽然我们可以把知性与语言区分开来，但这样的区别事实上是不存在的。我们有理由认为，语言属于某个更高的层次，它不是类同于其他精神造物的人类产品。所以，语言作为精神，具有自足性。

　　在深层的意义上，语言先于思想，正是接受了某种语言才有了某种思想，但这是不能用形象和简单的方式予以说明的。语言的确是工具，但这是在词与物的意义上而言的，而在思想意义上，语言则是一个精神系统。语言哲学上的原子论和整体论其实并不真正矛盾，二者在两个层次上是正确的——原子论是在物理的层次上，整体论是在思想的层次上。比如"民主"一词，作为单个的概念，它的意义是确切的，但放在整个古汉语中就不伦不类，只有放在现代汉语中其意义才是完整的、深刻的。

　　既然语言是本体，人的世界就是语言的世界，精神世界本质上是由语言创造出来的，人的思维就是语言的过程，思想即语言。那么一个民族的很多秘密都隐藏在民族的语言中，民族的文化、精神、思想、思维方式从根本上都与民族的语言有着根本的内在关系，语言从深层的角度制约着民族的思想。人无法挣脱语言的控制，只能沿着语言规定的方向思考。所谓不同，只是在语言范围内的不同，人的自由是在语言限度内的自由。脱离了语言，人便没了文化思想和精神，只能返归自然，沦于动物的地位。所以，语言是人的深层的本质，是人的首要的规定性。各种所谓文化、精神、世界、思维方式的不同，都可以归结为语言的不同。人类彼此最根本的隔绝是语言的隔绝，洪堡特最早清晰地认识到这一点，他说："人们可以把语言看作一种世界观，也可以把语言看作一种联系思想的方式。"他认为语言与民族的精神力量有着内在的深刻的联系，"一个民族的精神特性和语言这两个方面的关系极为密切，不论我们从哪个方面入手，都可以从中推导出另一个方面……民族的语言即民族的精神，民族的精神即民族的语言，二者的统一程度超过了人们的任何想象。"个人通过语言形成世界观，每一种语言都包含着一种独特的世界观，每种语言都包含着属于某个人类群体的概念和想象方式的完整体系。民族的心灵存在于民族的语言中，民族的文明、文化和精神与民族的语言有着深刻的内在联系。

海德格尔等人则从哲学这一途径重新发现了这一事实。海德格尔认为，语言是存在的家，人诗意地栖居在语言所筑的家中。伽达默尔同意洪堡特的"语言是世界观"的命题，只不过阐释略有不同，他认为："任何一个属于特定传统的世界，都是通过语言构造出来的世界，即一种特定的世界观或世界图式。""我们正是通过语言而拥有一个世界或一种对于世界的态度。""每个在特定的语言和文化传统中成长起来的人，当然是以一种不同于属于其他传统的人的方式来观察世界的。""无论我们使用什么语言，我们获得的不外是一个不断扩大的方面，一种对于世界的'看法'。"

人的语言规定了人对世界的看法，民族的语言则规定了民族的文化和精神的基本内涵。所以，伽达默尔认为："所谓传统，主要指通过语言传下来的传统，即用文字写出来的传统。"正是在这个意义的基础上，海德格尔认为人类之间最深层的隔绝是语言的隔绝。在与日本学者手冢富雄教授的对话中，两人都深深地认识到这一点，都同意欧洲语言和东亚语言之间存在深刻的差异性。手冢富雄一再感到日本文化和思想在欧洲语言系统中言说的困境。海德格尔认为，欧洲人也许就栖居在与东亚人完全不同的一个"家"中，而一种从"家"到"家"的对话几乎是不可能的。所以，文化、思想、思维方式的转型从根本上来说是语言的变革。

语言作为一个系统，它是一个民族无数代人积累下来的，代代相传，它对于具体的人、具体的时代、具体的群体具有先在性。语言就像一张无形的网，人就生活在网内，语言的网构成了人的本体，人不可能脱离这个网而生存。对于个人来说，语言是具有"元"性质的东西，不能被轻易改变。对于民族来说，语言是根深蒂固的东西。它如此坚固，以至于具有一种强大的精神力量，不同的个体正是通过它而凝聚起来，形成一种文化的。梁启超说："我国文字，行之数千年，所以糅合种种异分子之国民而统一之者，最有力焉。"斯大林也说："民族和民族语言的特点是具有非常的稳定性以及对同化政策的巨大抗拒力。"所以，语言只有变革，没有改换。完全抛弃自己的母语而改用另一种完全不同的语言系统，是非常困难的。语言变革是一个民族的重大的事情。语言是一个民族最深层的东西，不是涉及民族的生存问题，不是迫不得已，这一根基是很难动摇的。

二、现代语言学的发展概述

语言是符号，是表达思想、交流思想的工具，这是中国几千年来根深蒂固的观点。所谓"言为心声""只可意会不可言传""以文害辞""得意而忘言""辞不达意"等都深刻地表明中国古人把语言和思想割裂开来的二元对立观点。这种语言观又缘于更根深蒂固的"起源终极观"，即事物的最终本质隐含在最初的起源之中，本质即本源。

中国古代对语言本质的认识最看重的是"文字"，在某种意义上，文字的本质就是语言的本质。而文字则起源于象形，《易经》说："上古结绳而治，后世圣人易之以书契。""古者庖牺氏之王天下也，仰则观象于天，俯则观法于地，视鸟兽之文与地之宜，近取诸身，远取诸物。"文字从根本上来说就是符号，与它相对应的是"物"。所以，文字作为"物"的符号，相对于"物"来说处于从属的地位。

这种文字初始状态的词与物的对应关系似乎隐含了后来的语言与世界的关系——世界是与语言无关的纯客观存在，语言不过是表现这种客观存在的符号，它是联结人与世界的媒介，即桥梁。在文学上，"诗言志""诗言道"典型地体现了中国古代文学语言工具观，在中国古人看来，语言在文学中不过是一种传达思想的媒介。在中国古代语言观中，语言是从属于思维、思想和世界的，是附庸性质的，从没有人把语言上升到本体论的高度。

在西方，传统语言学的状况虽然和中国古代迥异，但基本观点却惊人地相似，即认为语言是交际工具，语言活动是人的表达活动。19世纪虽然也有洪堡特这样的异质语言学家，但现代语言学真正的开创者却是20世纪初的费迪南·德·索绪尔，他提出："语言是一种表达观点的符号系统。"在索绪尔看来，语言是一个封闭的、完整的、自主的符号系统。作为符号，语言是声音和概念的结合，而不是词与物的结合。从心理方面看，思想离开了词的表达，只是一团没有定型的，模糊不清的浑然之物。哲学家和语言学家一致承认，没有符号的帮助，我们就没法清楚地、坚实地区分两个观念，预先确定的观念是没有的。在语言出现之前，一切都是模糊不清的。在语言的本质上，索绪尔开启了现代语言学的方向。

西方哲学上的语言学转向也开始于 20 世纪初，其代表人物是弗里德里希·弗雷格、伯特兰·罗素、维特根斯坦等。所谓"语言学转向"，就是把语言上升到本体论的高度，通过研究语言来研究哲学。这种"转向"被称为"哥白尼式的革命"，可见其影响之大。但罗素等人主要是进行语义分析，他们的研究对语言本质观并没有造成巨大的冲击。

近代以来，中国从政治到经济、文化各方面深受西方的影响，中国现代汉语言文学也是在西方的影响下形成的。但这里的"现代"主要是相对于中国的"古代"而言，主要是就走科学化的道路而言，而在具体观点上却非常接近西方的"传统"。西方 20 世纪初发生的语言学现代性转向和语言哲学的转向在1980 年后才在中国发生影响。近现代中国人在向西方学习的过程中所表现出来的实用主义特点在语言学中非常明显。当时中国虽然接受了西方的新语言，但是没有接受西方的新语言学；虽然大规模地引进西方的新名词、新术语、新概念，但是在语言观念上却是传统的，基本上还是工具观。所以，近现代史上发起文化变革的那一批弄潮儿如梁启超、严复、章太炎、胡适、鲁迅、陈独秀、李大钊、周作人等在语言本质观上其实都是很传统的，他们基本上是从工具观的层面上看待语言的。虽然外来语言对中国的本土语言、本位文化造成了巨大的冲击，使一些人走到对语言反思的边缘，如王国维就提出："言语者，思想之代表也，故新思想之输入，即新言语输入之意味也。"但大多数这种思想有如电光石闪，稍纵即逝。

后来，随着马克思主义在中国取得全面胜利，语言学也受到了影响。但最初的中国马克思主义更多地表现为学习苏联的特点，所以在语言本质观上，列宁、斯大林的观点比马克思、恩格斯的影响更大。列宁说："语言是人类最重要的交际工具。"斯大林说："语言是工具、武器，人们利用它来互相交际，交流思想，达到互相了解。"60 年代高名凯、石安石主编的权威著作《语言学概论》就秉持这种观点，至今这种观点在非语言哲学界仍然占统治地位。马克思和恩格斯关于语言的观点是："语言是思想的直接现实。"就是说，思想的外在表现为语言。这个观点本来更接近现代语言哲学思想，至少比较灵活，可以作多方面的解释和发挥。但在 60 年代的中国语言学界，这个观点却多被附会为思维工具论，比如高名凯先生说："语言与思维是密不可分地联系在一起的。它们是相依为命的。离开了语言，思维就不存在，离开了思维，语言也不存在。"这本来是把语言和思维放在平等的位置上，且有同一化的趋向，但他又接着说："语言和思维事实上是存在于同一个统一体内的两个对立面，语言是这个统一体的形式部分，思维是这个统一体的内容部分。"语言与思维是"统一"的，但不是"同一"的。

但不论是交际工具论还是思维工具论，都是语言从属论。只要是从属论，就不可能从语言本体论的高度来研究文化和思想。笔者认为这是中国哲学、文学、历史等人文科学研究中缺乏深刻的语言研究的最根本原因。

三、现代语言学和传统语言学的对比分析

现代语言学与传统语言学最大的不同在于，现代语言学把语言上升到本体论的高度，认为它不只是工具，是人的能力之一，而且是构成人的行为本身，是思想本体。人的思维过程即语言过程，人的世界即语言的世界，人类正是以拥有语言的方式而拥有世界的。

海德格尔认为，语言是人的首要规定性："人乃是会说话的生命体……唯语言才使人能够成为那样一个作为人而存在的生命体。作为说话者，人才是人。""无论如何，语言是最接近于人的本质的。""语言担保了人作为历史性的人而存在的可能性。语言不是一个可支配的工具，而是那种拥有人之存在的最高可能性的居有事件。"他的最著名的名言是："语言是存在之家。"这句话的意思是：任何存在者的存在居住于词语之中。把人的最高本质即存在归结为语言问题，这是对人的本质的一种新的认识，对 20 世纪的哲学社会科学产生了深远的影响。

海德格尔的学生伽达默则进一步强调了语言的本体论地位，他说："能被理解的存在就是语言。""语言不只是人在世上的一种拥有物，而且人正是通过语言而拥有世界的。"因此，"语言是一种世界观"。"语言根本不是一种器械或一种工具，因为工具的本性就在于我们能掌握对它的使用，这就是说，当我们要用它时可以把它拿出来，一旦完成它的使命又可以把它放在一边……我们永远不可能发现自己是与世界相对的意识，并在一种仿佛是没有语言的状况中拿起理解的工具。毋宁说，在所有关于自我的知识和关于外界的知识中我们总是早已被我们自己的语言包围。"语言和思维、思想是紧密地联系在一起的，"我们只能在语言中进行思维，我们的思维只能寓于语言之中。"

在传统语言学中，语言的地位是从属的，是人的附属品，是可以脱离人而客观存在，似乎只要人愿意，用它时把它"拿来"，不用时则可以把它弃掷一旁。但在现代语言学中，语言则是人的天性，是人类的最重要的本质，是人的首要的规定性，正是语言的能力把人和动物区别开来。"当我们说话时自以为自己在控制着语言，实际上我们被语言控制，不是'我在说话'，而是'话在说我'。"是语言控制人而不是人控制语言，人的世界在某种意义上说就是语言的世界，人的认识、思想、思维都不能脱离语言而赤裸裸地存在。

从传统本体论哲学思维方式来看，在时间顺序上，的确是先有物质世界，然后才有人及人的认识、思想、思维等。但在现代主体论哲学看来，人是第一位的，没有人，物质世界是没有意义和价值的，世界的意义和价值正是因人而存在的，"意义和价值"本来就是意识概念而非物质概念。语言正是把人和先于人而存在的物质世界联系起来的桥梁。因此，古希腊人把人定义为会说话的动物，人的"逻各斯"能力即思维能力主要就是语言的能力。动物没有语言，也就没有语言的世界，"自我"之外的一切都只是"对象"。动物只有心理活动，没有意识活动，因为意识活动本质上是语言活动。

在语言与思想的关系上，现代语言学认为，在很大程度上，语言就是思想，语言的过程即思维的过程，任何比较高级和复杂的思想活动都是和语言联系在一起的。要进行复杂的逻辑和数学推理，要思考量子力学和相对论中的问题，我们必须有语言，有专业符号，否则根本无法进行思考。索绪尔认为，语言是一个符号系统，他反对把语言看成"命名过程"，即把语言简单地看成实物和名称之间的关系，他认为语言出现之前不存在思想："假如一个人从思想上去掉了文字，他丧失了这种可以感知的形象，将会面临一堆没有形状的东西而不知所措，好像初学游泳的人被拿走了他的救生圈一样。"就是说，没有语言，思想将是模糊混沌的。维特根斯坦认为，哲学应该划清可思考的东西和不可思考的东西之间的界限，而这个界限只能在语言中划分。

而更重要的是，语言不仅可以把人和物质世界联系起来，它还在漫长的积累过程中超越了物质世界，创造了一个精神世界。人类社会首先是物质的基础，但更本质的则是精神，精神其实是一种纯粹的语言世界，物质还可以脱离人而独立地存在，而精神却须臾不能脱离人而存在。规则是人规定的，但一旦规定，人就得遵守它。语言是人创造出来的，但语言一旦创造出来，它就具有自足性。索绪尔把言语和语言区别开来，其意义是非常重大的。言语具有私人行为的特点，容易创造，也容易消失，有如朝露夕菌，随生随死，但语言作为一个系统，却是一个漫长的积累的结果。语言一旦形成，就会把人从蛮荒状态带出来而走向文明，人一旦走出来，就再也没有回头的可能。人以语言为家，这是文明和进步的标志，但同时也意味着人再没有其他选择。语言作为系统，牢牢地控制了人类。选择什么话语说话似乎是人的自由，但其实不然，一旦选择了某种语言系统，说什么话就不能完全由自己控制。所以，海德格尔认为："哲学家不只是在语言中思考，而且是沿着语言的方向思考。"

第二节　汉语言的风格类型

认识和确定汉语言的风格类型，是研究者对客观存在的汉语言风格类型的主观升华，必然受到研究者文化观的影响和制约。各种类型的语言风格是文化的凝聚体，各类风格的差异实质上是文化意蕴的差别，所以要正确认知和理解汉语言各类风格的本质特征及其生成和运用的规律，就必须借助文化宝镜。

一、汉语言的表现风格和语体风格

（一）汉语言的表现风格

1.汉语言表现风格的文化含义

表现风格是一个总称，根据表现的异同，表现风格可以分为若干组并列而又两两对立的类型：豪放和柔婉、简约和繁丰、含蓄和明快、藻丽和朴实、幽默和庄重等。这是汉语言风格文化传统所公认、推崇的优秀的表现风格。它们既有区别，又有联系，各组之间是"相生"互补关系，每组的两者之间是"相克"对立的关系。这是一个由若干并列而又两两对立的风格现象组成的矛盾统一体。它植根于中华文化，富有文化意蕴。例如，表现风格作为从一切言语交际的话语气氛和格调中抽象概括的统一体，就是中国哲学整体的综合层次理论，是普遍联系与整体考察观点的反映。又如，表现风格的各组类型都是两两对立存在的，它们的定义方法就是中国哲学中万事万物都是两两对立而存在的这种辩证思维的折射。再如，表现风格的存在方式是两两对立而成整体，事物发展到一定阶段，条件成熟就会发生质变，事物就会向其相反的方向变化，即物极必反。

因此，表现风格的每一组对立之间，必有一个适度的问题，超过了某一限度就会适得其反。对此，刘勰在《文心雕龙》中有辩证论述，如《隐秀》中的"或有晦塞为深，虽奥非隐"，说明深奥导致晦涩难懂，而并非真正的深隐风格。这就需要掌握一定的尺度，超过度量的界限就会流于"朦胧晦涩"，使人不能领会其中的奥妙。但是如果"隐"得不够，又会流于"浅露直率"，使人读后觉得缺乏余味。因此，表现风格的创造和运用必须注意适度得当。现代学者的所谓繁简得当、隐显适度、华朴相宜等，便是对刘勰的适度观点的继承和发展。

2.汉语言表现风格形成的文化导因

（1）表现对象

表现对象即被表现的客观事物，亦即表现的思想内容"意授于思，言授于意"，思想内容是由表达主体对表现对象想象思考而获得的。思想内容决定语言形式，什么样的表现对象需要什么样的表现风格来表现，不同的表现对象决定了不同的表现风格，不同的表现风格对表现对象有不同的适应性。在表现风格生成和运用的过程中，表达主体选择什么样的客观事象，其自身的精神文化如何作用于客观事象使之成为意，选择哪种与意相应合的辞，构织什么样的言语作品，呈现出什么样的格调，都受到民族文化的制约。

（2）交际主体

交际主体包括个体和群体，个体表达者的表现风格是语言的个人风格，个人风格的形成和运用都会直接受到表达主体、接受主体自身的文化因素及其相互关系的影响和制约。群体表达者的表现风格如语言的民族表现风格、时代表现风格等是共性风格，语言的民族表现风格、时代表现风格生成和运用的制导因素是民族群体的文化个性、时代群体的文化个性。但群体总是通过代言人来体现的，群体的代言人要受群体的文化共性制约，但其本身的个性文化因素也起作用。

（3）交际语境

交际语境包括言内语境和言外语境，言内语境属语言文化，言外语境包括多种因素，而其中社会文化环境和自然文化环境对表现风格的生成和运用起着决定性的制约作用。

（4）交际语体

表现风格的生成要受到交际语体制约。哪种表现风格适用于哪种语体，哪种语体对哪种表现风格是开放的，哪种语体排斥哪种表现风格，都是客观存在的语体文化规律。任何人运用语言生成表现风格，除了特殊需要而有意超越语体规范采用变体手段，一般都要遵从语体表现风格规约，否则就不得体。

（二）汉语言的语体风格

1.汉语言语体风格的文化含义

语体和风格是两个不同的术语，各有不同的含义。前者是适应不同交际领域、交际内容、交际目的、交际对象和交际方式的需要，而运用全民语言所形成的言语特点综合体，即交际领域文化和语言文化融合成的语用范式；后者是言语交际者在主客观因素制导下，运用全民语言所形成的言语特点综合显现出来的格调和风貌，即主客观文化和语言文化融合成的美学态势。语体风格是语体的表现风格，是语体风格手段生成的风格特点综合呈现出来的格调和风貌。语体在语言运用中处于中间层面，语体风格是语言风格范畴中的一个重要类型，它在语言运用中跟其他类型的风格同处于最高层面。语体风格和语体是两种不同层面的语言现象，它们是上下位关系。对此，汉语言风格文化传统有许多精辟的论述，如魏文帝曹丕的《典论·论文》："盖奏议宜雅，书论宜理，铭诔尚实，诗赋欲丽。"西晋陆机的《文赋》："诗缘情而绮靡，赋体物而浏亮，碑披文以相质，诔缠绵而凄怆，铭博约而温润，箴顿挫而清壮，颂优游以彬蔚，论精微而朗畅，奏平彻以闲雅，说炜晔而谲诳。"

虽然风格和语体有着本质的区别，但是它们形影相随、亲密无间，是同生、共现、共变的关系。风格会随着语体的产生而产生，并随之变化而变化。依附在语体上面的美学形态风格的内在基础是语体。语用实际没有无语体根基的悬空风格，也没有无美学形态的裸语体。

2.汉语言语体风格形成的文化导因

（1）交际领域

语体风格是个总系统，下面包括若干个子系统，即分语体风格。各种分语体风格并非同时产生的，而是在社会文化发展过程中逐渐形成的。原始社会文化不发达，交际范围狭窄，只有口头文艺语体风格。随着社会文化的迅猛发展，社会分工日益细密，人们认识世界的眼界迅速拓宽，社会交际频繁且复杂化，言语交际活动范围也就越来越大，逐步涉及诸如日常生活、公私事务、科学技术、政治思想、新闻报道、文学艺术以及广告传播等各种领域。言语社群或跨言语交流社群进入各种领域进行言语交际活动，都必须遵从其特定的语用文化规范，恰切地选用语言手段，构织语篇，生成语体，才能呈现得体或合体的语体风格。交际领域对语体风格的形成是直接起决定性作用的外部因素，在特定的交际领域制约下，运用与之相应的语体风格手段，就会形成特定的语体风格。

诸如适应口语交际需要而形成的谈话语体风格、适应公文事务领域交际需要而形成的公文语体风格、适应科学技术领域交际需要而形成的科技语体风格、适应政治思想领域交际需要而形成的政论语体风格、适应新闻传播领域交际需要而生成的新闻语体风格、适应文学艺术领域交际需要而生成的文学语体风格、适应广告传播领域交际需要而生成的广告语体风格，以及两种或多种语体风格融合而成的交融语体风格等。

（2）交际对象

人们在各个交际领域进行言语交际都是有对象的。要想收到理想的交际效果，交际主体就要运用语言手段，除了应合交际的语用文化规约，还必须切合交际对象的文化特点。不同的交际对象有不同的文化特点，文化特点不同，对话语的接受要求也就不同。因而，交际对象对语体风格的形成也是直接起制约和影响作用的客观文化因素。交际对象千差万别，但在特定的交际领域里进行言语交际活动，其交际对象都是十分明确的。例如，在日常生活领域，无论是聊天还是通过电波传递信息，都是向特定的听者讲话的。又如，在公私事务领域，无论是制定法规、发布命令，还是发函电，都有其特定的群体或具体个人。再如，在政治思想领域，无论是党政领导人讲话，还是报刊社论、评论员文章，虽然都以群体为对象，但都十分明确。

在不同的交际领域、不同交际对象的制约下，选用的风格手段是不同的，由不同风格手段生成的风格特点和格调气氛就明显有别。即使是同一交际领域，受制于不同的交际对象所形成的分语体风格也有区别。例如，同为科学技术交际领域，而受制于交际对象——专业人员或具有相当科学知识的人所生成的专门科技语体风格与受制于交际对象——非专业人员或不大熟悉这门科学的人所生成的通俗科技语体风格有别；同属广告传播领域而受制于交际对象，风格也会不同。

（3）交际目的和任务

在任何交际领域跟任何交际对象进行言语交际活动，无论说什么、写什么，或者明法、传令，使读者听众知晓和执行；或者探求、交流、传播科学技术，使对方理解某种科学技术现象和科学技术知识；或者发表政治观点，宣传路线方针，动员对方接受和行动；或者传播有价值的新鲜信息，以满足社会公众的全面信息的需要；或者反映现实、描绘自然、抒发情怀，使人受到感染、熏陶和教育；或者传递组织、商品、劳务信息，以满足社会公众消费、咨询的需要等。在不同的目的任务制约下运用语言，形成的语体风格就会有所不同。例如，以反映现实、描写景物和抒发感情，使人获得美学享受和教益为目的任务而形成的文学语体风格，跟以交流、传播科学技术信息，使人增长科技知识为目的任务而形成的科技语体风格必然迥异，跟以明法传令，使人知晓和执行为目的任务而形成的公文语体风格也有明显区别。所以，运用语言生成语体风格必须有的放矢，受交际目的、任务的制约。

二、汉语言的民族风格和时代风格

（一）汉语言的民族风格

1.汉语言民族风格的文化含义

汉语言民族风格是指一个民族运用民族语言所形成的言语特点综合呈现出来的气氛和格调。

风格手段既有来自语言要素的，也有来自超语言要素的。风格手段不等于语言要素。语言要素的特点既不同于利用民族语言要素而生成的风格手段，又不同于使用风格手段而综合表现出来的言语民族风格。高名凯说："语言风格（更正确地说，言语风格）既然是在特殊的交际场合中为着适应特殊的交际目的而对语言的运用所形成的言语气氛和格调,语言风格手段系统(更正确地说,言语风格手段的系统)既然是语言所具备的用以构成言语气氛或格调的风格手段和一些非语言的风格表达成分的总和,我们就不能把语言风格理解为与别的语言有所不同的某一语言的特点。"

语言的民族风格不是指语言体系本身的特点。语言民族风格与语言民族特点是本质不同的两种语言、言语现象,不能把汉语体系自身构造的特点看作汉语言民族风格,但二者又有着非常密切的关系。语言的民族特点为语言民族风格的形成提供了重要的物质基础和必要条件,因为民族风格表达手段主要是从语言的民族特点引发而来的,或者说是运用和生发了语言的某种民族特点的结果。例如,汉语中利用语音的特点生成的同韵相协、平仄交错,利用单音节词、双音节词的特点构成的"四字格"和对偶、顶真,利用语序的特点构成的常式句和变式句等,都是富有中华民族色彩的风格手段。将它们巧妙地用于特定语体的话语中,就能体现出鲜明而优美的汉民族韵味。运用语言创造风格,如果离开了本民族语言结构的特点和独特的美感,去追求什么语言风格美,就不会结出具有乡土气息和民族风味的果实了。

2.汉语言民族风格形成的文化导因

(1)物质文化根基

物质文化是指人改造自然界的物质生产活动及其产物,它具有获取与创造的功能,是整个文化系统的基础和发展动力,有着具体可感的存在形态,如衣食住行的文化;还指与人们生活十分密切且经过人们创造或融入思想感情的自然物,如园林、山川、河流、动植物等所表现出来的文化。存在决定意识,先意后辞,辞不能凭空而发,必须以物为根,先有物态文化,才有表现物态文化的语言表达手段,物态文化是语言民族风格的根基。中华民族特有的物态文化非常发达,由于反映特有物态文化的需要,汉语便产生了丰富多彩的属于特有物态文化范畴的语言手段,如桂林米粉、马蹄糕、烧卖、云吞、烤羊排、东坡肉、中山装、唐装、旗袍、马褂、长衫等，它们都是汉语以物态文化为根基的语言手段，是中华民族利用自然条件而创造出来的有形实物的语言文化成果。它们或为名词术语，或为熟语，或变异作修辞格，但都有鲜明的民族色彩；它们或庄重典雅、或蕴藉、或简明、或华美、或朴实，可作展现汉语民族风格的重要手段，用于各种语体，生成各种表现风格。

（2）制度文化背景

制度文化是指渗透了人的观念的各种社会制度以及有关各种制度的理论体系、行为方式及礼仪风俗，是人们规范自身行为和处理个人与他人、个体与群体关系的准则。而语言风格作为人们运用语言而生成的格调气氛，也必然受到制度文化的影响和制约。在汉语里，很多风格手段都是在制度文化背景下生成的。它们无论是体现政治文化、经济文化、教育文化、婚姻文化，还是民俗礼仪文化，也无论是直用本意还是变异用引申义，都有汉民族特有的文化信息和风格信息，可作呈现汉语民族风格的表现手段。

（3）精神文化导因

精神文化是人们改造主观世界的活动方式及其产物，包括思维方式、心理状态等，它处于文化系统的核心地位，对人们的言行举止直接起指导作用，诸多汉语民族风格手段是在精神文化指导下生成的。它们生成的文化导因都是汉民族的精神文化，是展现汉语言民族风格的常见手段。

（二）汉语言时代风格

1.汉语言时代风格的文化含义

汉语言的时代风格，是汉民族在同一时代文化因素指导下，运用汉语言的各种特点而呈现出来的风貌格调，是汉语言民族风格的"时代变异"语言，是一种主要由时代的物质文化、制度文化、精神文化和语言文化因素形成的风格类型。同一民族同一时代的人们，由于共处在相同的时代文化条件下，在语言运用上受到相同的社会文化环境的制约，往往有许多相同或相近的稳定性特点，表现出相同的时代风貌；不同时代的人们，在物质、制度、精神文化等方面都有差异，这些差异反映到语言文化运用上，便会呈现出不同的时代风格。

2.汉语言时代风格形成的文化导因

（1）物质文化导因

物质文化是语言产生以及对其运用所生成的语言风格的物质基础和动力。物质文化是一个系统，但不是一朝即成的，而是在人类社会历史进程中逐渐形成的，又随着社会时代的发展变化而发展变化。任何一种物质文化现象都无不脱胎于特定的时代土壤，带有特定时代的特点。为适应具有时代特点的物质文化的需要，而运用语言所生成的风格，必然烙有特定时代的印记。

（2）制度文化和精神文化导因

制度文化和精神文化也会影响语言风格的生成和发展变化，也是语言时代风格生成和发展的指导性因素。中国原始社会早期是"狩猎游牧，群居杂婚"的母系氏族社会，后来畜牧业和农业经济逐渐代替了狩猎经济，游牧生活逐渐转化为定居生活，男子与妇女劳动的比重起了变化，男子的经济地位逐渐提高，人们的思想意识、价值观念、心理状态发生了变化，母系氏族社会逐渐转化为父系氏族社会。源于此制度文化和精神文化导因，汉语里产生了不少蕴含着原始社会制度文化和心理文化的语言现象。1949 年 10 月 1 日，中华人民共和国的成立标志着中国新民主主义革命的基本胜利,封建主义压迫、帝国主义侵略、国民党反动统治被埋葬，开创了中国历史的新纪元。从此，中国进入了新民主主义社会和社会主义社会，这个阶段开始至今，经历了各种既有联系又有区别的政治、经济、教育、思想、文学艺术、社会风尚等文化运动。根植于这些特定的文化运动，汉语里新生了数不胜数的烙有新时代印迹的风格现象。

三、汉语言的地域风格与流派风格

（一）汉语言的地域风格

1.汉语言地域风格的文化含义

语言的地域风格早已存在，但对其研究甚少，王德春主编的《修辞学词典》给"乡土风格"下了定义，概述了其形成的语言基础，说："乡土风格是言语作品中所表现的地域特征的综合。乡土风格的形成以方言的运用为基础，各种方言作品、民间文学具有相应完整的地域风格……在使用标准语的言语作品中，由于表述的需要，有规律地使用方言的词汇、语法结构等等，也会带有乡土风格。"郑颐寿主编的《文艺修辞学》论述了"什么是文艺修辞的地域风格""文艺修辞地域风格的表现"。

借鉴传统的地域文学风格论与现代语文学家、修辞学家、文学史家的研究成果，我们认为语言地域风格是语言民族风格的地域变异，是同一地区的人们在地域文化和自身个性文化的指导下运用地域语言的特征综合呈现的格调风貌。这个定义包含以下文化含义：地域风格是地域群体的共性风格，地域性是地域风格的本质属性，地域文化是指导地域风格生成的客观因素，语用主体自身的个性文化是指导地域风格生成的主观因素，地域语言是地域风格的物质表现，格调风貌是地域风格的美学升华。

2.汉语言地域风格形成的文化导因

（1）地域文化

地域文化包含精神文化、制度文化、物质文化等，对形成地域风格起到重要作用。我国地域宽广，地势环境丰富多样，各地区的精神、制度、物质等文化发展水平良莠不齐，自然形成不同的地域文化。不同地域中的人们在生活过程中必然会受到当地地域文化信息的影响，在日常生产、语言交际等过程中会不自觉地渗入地域文化因素，所以在语言风格上必定会出现一定程度的地域特点，如地域文化特点造成了我国南北语言地域风格的不同。

赵树理和老舍都是追求文学语言大众化、中国化的现代卓越作家，但是两人的作品因受不同地域文化的影响，展现的语言风格拥有不同的地域特色。赵树理出生于山西普通农民家庭，在本地上学、工作，并向劳动人民学习，是三晋文化和山西土地养育出来的地地道道的山西人。他热爱山西劳动人民，热爱三晋文化，热爱山西。因此，他的小说的语言风格，把山西的地域特色展现得淋漓尽致。老舍出生于北京，自小受到北京环境和文化的熏陶，他热爱北京，北京地域文化给了他艺术生命，他毕生的艺术追求是写好北京。因此，他的剧本和小说所用的语言大部分来自北京方言，写着发生在北京的事，作品的语言拥有浓郁的"京味儿"，地域色彩非常浓厚。

（2）语用主体文化

语言使用者自身的个性文化就是语用主体文化，是对形成语言地域风格起到引导作用的主观因素，包含审美追求、性格爱好、文化素养、生活经历、价值观念、思想感情等。就生成语言地域风格而言，地域文化是根本因素，但不是唯一因素。若是唯一因素，那么同一地域文化孕育出来的语言地域风格就会相同或相似了。语用者的推介或引导才能实现地域文化在语言地域风格形成中的指导作用。地域文化对语用者构建语言地域风格有极大的影响，但语用者对其影响有主观能动性。一个语用者是否接受一个地方的地域文化的影响，接受哪种类型的地域文化的影响，或者说在哪一种层面上、哪一种程度上接受一个地方的地域文化的影响，与他的个性文化是有密切关系的。语言风格因地而异，又因不同的语用者而有不同的个性表现。语言的地域风格既包含地域文化，也包含语用者的个性文化，是地域文化与语用者个性文化相互融合的结晶。

（二）汉语言的流派风格

1.汉语言流派风格的文化含义

文学流派、文学流派风格以及语言的流派风格等密切相连，但它们之间也有不同之处。在一定的历史时期里，文学作家因艺术风格、审美情趣、创作方法、文学观点、思想倾向、政治立场等文化因素相似或相同，而自觉或不自觉形成的文学派别就是文学流派。通常有了文学流派，就意味着有文学流派风格的展现。语言格调、表现方法、形象塑造、主题提炼、题材选择、创作主张、审美趣味、文学观念、思想感情等方面相近或相同的作家在文学创作上所形成的、综合展现出来的共同特色、格调风貌就是文学流派风格。它是一种群体文化的文学风格体现。例如，我国古代文学史上的桐城派、公安派、江西诗派、高岑派、王孟派，现代文学史上的新月派、现代评论派、鸳鸯蝴蝶派、创造社、文学研究会等都在各自的流派文化指导下形成了自己的文学流派风格。

相同流派的作家有流派共性风格，也有个人独特风格，以个人风格为基础逐步形成了流派风格。文学的语言流派风格来源于文学流派，在语言文化的运用上，同一个文学流派有共同的特点。从作家语言风格的共性角度而言，形成风格体系时可以说是语言的流派风格。文学流派风格中最重要的组成部分是语言的流派风格，其从属于文学流派风格，但又有所区别。从文艺学的角度而言，不同的文学流派在各自的流派文化指导下，所创作的文学作品展现出的文学格调风貌是指文学流派风格；从语言学的角度而言，不同的文学流派在各自的流派文化指导下，所创作的文学作品展现出来的格调风貌就是语言流派风格，是与语言地域风格、地域文化相关的，源于时代文化、民族文化，是受语体风格规范、时代风格、语言民族风格影响的群体性风格现象。

2.汉语言流派风格形成的文化导因

（1）流派文化

文学流派成员的语用观、审美观、文学艺术观、哲学观、人生观相似或相同的文化因素是指文学流派文化，对形成语言和文学流派风格起到直接的指导作用。从古至今，形成我国各种语言和文学流派风格的原因是流派文化的差异。例如，"文采派"的曲辞格调藻丽，运用雅语较多；"本色派"的曲辞格调朴实，运用口语较多。这些差异的出现是不同的流派文化所导致的。新月派是现代文学史上著名的文学流派之一，从徐志摩开始，非常讲究格律，之后陈梦家等仍然坚持在追求格律的道路上前行。

（2）流派成员的个性文化

文学流派的形成总有其相同或相近的流派文化基因，随之而来，一般也有共同的文学流派风格和语言流派风格，但流派各成员的文化观并不完全一致，而是各有个性，因而在流派的共同风格之下又有个人的风格特点。例如，清代著名的文学流派——桐城派，其主要成员方苞、刘大櫆、姚鼐都进行古文创作，他们的古文创作既与明代七子派"文必秦汉"的语言格调有别，也与明代唐宋派的模仿唐宋文的开阖首尾、经纬错综之法有异，但各人的见解不尽相同，语言格调各有特色。方苞提出"古文义法"，重在文以明道，根据这个要求来取材谋篇，所以法随义转。刘大櫆提出了"因声求气"，认为写古文重在文，讲神气，即讲求古文的艺术性，认为作品能够表达神气，就是具有自己风格的作品，就是具有艺术的作品，就是成功的作品。历史上同一流派的成员由于个性文化不尽相同而导致个人风格不完全一致是一种普遍现象。因为实际上，文学流派风格和语言流派风格都是共性风格和个性风格的融合现象，其生成和发展变化的动因是流派共性文化和流派成员个性文化的统一体。因此，要想正确认知和解释文学流派风格和语言流派风格生成发展变化的根源，揭示其语用文化的规律，就要既着眼于共同的流派文化，又着眼于流派成员的个性文化，不能有所偏颇。

四、汉语言的个人风格

（一）汉语言个人风格的文化含义

语言的个人风格是一种在主客观因素制约下由个人文化因素形成的个性风格，是个人创造性地运用本民族的语言的各种特点综合呈现出来的格调和气氛。这个定义包含的文化内涵是：①主客观文化机制相互融合而生成的独特的个性风格是语言个人风格，它在言语作品和个人言语活动中广泛存在；②时代、民族、语体等风格是语言个人风格的基础，但其本质是个人文化因素；③因每个人的文化因素不同，所以写文章或说话时，每个人的风格不同，有鲜明程度高低的区别，有定型和不定型的区别，语言个人风格越独特、显著、鲜明、定型，语言个人风格就会越独特、鲜明，这是使用语言成熟和语言修养高的标志，是让言语作品的思想内容能够完善表达的一个重要条件；④语言个人风格是语言文化的表现风格，是个人创造性地综合运用语言文化风格手段的美学形态的升华。

（二）汉语言个人风格形成的文化导因

汉语言个人风格是文化复合体，既蕴含着客观文化或外部文化成分，也蕴含主观文化或内部文化元素。前者是基础部分，后者是本质部分。它生成的导因既有共性文化因素，也有个性文化因素，而个性文化因素是体现特质的因素，是使不同的语言风格相互区别的根本性东西。语言修养较高者，他们的文学语言是有个性的，而个性构成了他们各自的独特风格。优秀作家写文章和创作文学作品时总是努力追求独特的个性。

秦牧在《花城》的后记中就明确表示："我在这些文章中从来不回避流露自己的个性，总是酣畅淋漓地保持自己在生活中形成的语言习惯。"峻青也说："我一生追求创造有自己风格的优美的语言，也就是要有自己的朴素美。"具有独特语言风格的作家所运用的语言都有鲜明的个性，这是因为他们的个性文化不同。个性文化包括思想意识、心理状态、价值观念、性格、生活经历、兴趣爱好、审美情味等。在这些因素的指导下，运用风格手段构织话语，展现格调气氛，会呈现出鲜明的个性。这可以用富有语言修养的作家作品佐证。伟大的作家，在不同的历史时期，由于个性文化有变化，语言个人风格也呈现出不同的特点。由于个人文化因素不同，即使是在同一民族、同一时代、同一题材，甚至同一题目，不同作家作品中也会体现出不同的个人风格。同一民族、同一时代、同一流派甚至同一流派的父子、兄弟的作家作品，由于个性文化不同，也会在共性的基础上呈现出自己独特的个性。

第三节 汉语言的文学特征

文化是国家、民族、社会有序、可持续发展的根本动力，脱离文化规范的任何发展形势都是危险的。汉语言文学作为中华传统文化的重要载体，承担着重要的历史使命。纵观汉语言文学的发展历程，其主要特征包括以下三点。

一、丰富的体裁

汉语言文学历经千年的发展，涌现出丰富多样的体裁。古代的汉语言文学主要包含诗歌、楚辞、乐府、词、赋、散文等体裁。在近代出现了更多的文学体裁，其与古代文学体裁相比更加多样化、内涵化以及贴近社会，主要包括现代诗歌、小说、戏剧、散文诗、电影文学等。中国出现最早的诗歌集为《诗经》，其内容丰富，反映了周朝初期至春秋中叶之间的社会生活风貌。《诗经》的句式主要为四言，其修辞方法主要为重叠反复，反映了周朝诗歌的特色。在《诗经》之后兴起的诗体为楚辞和乐府。楚辞是在楚地民歌的基础上发展而起的，反映了楚地的风土人情，其典型代表人物为屈原。乐府作为叙事诗歌具有强烈的现实感，通过描述社会现实展现了当时的社会生活。随着朝代的更迭，诗歌的体裁也在不断丰富。唐朝的诗、宋朝的词、元朝的曲都丰富了汉语言文学的体裁。

二、显著的阶段性

中国历史悠久，朝代更迭纷繁复杂。汉语言文学随着朝代变换也经历了起伏。不同的朝代发展出不同的文学内容，突出反映了当时的社会风貌和文风。古代诗歌的发展有两个最兴盛的时期，分别是周朝和唐朝。《诗经》主要成书于春秋时代，共305篇，反映了爱情、战争、生活习俗等内容。唐诗的表现形式比《诗经》更加多样化，主要为五言和七言。唐诗作为中华民族的宝贵遗产，对世人研究唐代的经济、生活具有重要的参考价值。唐诗在发展中也涌现出多种派别，主要为山水田园诗派、边塞诗派、浪漫诗派、现实诗派。每种诗派侧重描写不同的内容，表达了作者不同的思想感情。随着唐朝的衰败，汉语言文学的体裁逐渐变化。到宋朝时，宋词开始兴起。宋词是宋代文学的最高成就，是汉语言文学中璀璨的明珠。著名的词人有苏轼、辛弃疾、柳永、李清照等。宋词之后，汉语言文学中相继出现了元朝的戏曲以及明清的小说。无论是唐诗、宋词，还是元曲、明清小说，均与朝代的更迭有着莫大的关联，同时也反映了汉语言文学发展的阶段性。随着朝代的起起落落，汉语言文学的体裁也在逐渐改变。

三、独特的文学流派

文学作品寄托了作者丰富的思想感情，反映了作者内心的思绪。在唐诗兴盛的年代，山水田园诗派的代表人物王维、孟浩然的诗作主要描写绿水、青山、隐士，风格恬静淡雅，表达了对田园诗意般生活的向往。边塞诗派的代表人物高适、岑参、王昌龄等的诗作主要描写边塞生活、风景、战争，诗风悲壮，格调雄浑。在宋朝，柳永、李清照等词人的作品主要侧重描写儿女情长，表现词人的柔婉之美，被称为婉约派。苏轼、辛弃疾的作品用词宏博，气势恢宏，被称为豪放派。在古代文学的发展中，文学流派引领了时代的潮流，进一步推动了汉语言文学的发展。由此可见，在每个时代，文学流派均对当时的汉语言文学发展起到了极大的推动，为汉语言文学的繁荣作出了巨大贡献。

第二章 汉语言的相关研究

第一节 汉语言文字研究

一、文字的产生

（一）文字与语言的关系

文字是一种书写符号系统，用以记录语言，同时也是人际交往中最重要的辅助工具。语言产生在前，文字诞生在后，文字是社会发展到一定阶段的必然产物，它成功打破了语言在时间与空间上的限制，使语言功能得以进一步延伸。文字形成之后，才有了书面语，有了书面语，人类文明的延续和传播才有了基础的保障。因此，文字的产生可以被视为人类进化历程当中开始脱离野蛮状态、进入文明社会的重要节点。纵观世界各个民族，都存在或曾经存在各自的语言体系（有的后来由于某种原因而消失），但并非每种语言都有相应的文字。现今仍有不少部族（如非洲和大洋洲的一些部落）的交际方式仍停留在口耳相传的落后阶段，没有发展出独属于他们民族的文字。

（二）文字的产生历程

每一种文字系统的诞生都不是一蹴而就的，必然会经历一个漫长而曲折的发展过程。以汉族为例，在汉字形成之前，汉族的祖先基本上都是依靠如结绳、结珠、刻契等烦琐又笨拙的手段帮助自己加强记忆，从而应对交际需求的。

当然，因为当时的古人没有文字，记事的手段繁多，不一而足，并不仅仅局限于上文列举的几种手段。在我国语言文字学家周有光的著作《语文闲谈》中有记载，云南景颇族的载瓦人曾制作实物情书、战书和和约。情书：用红、白、黑三色线缠一个芭蕉叶包，内有树根，表示想念；石灰，表示希望会见；草烟叶，请对方吸后增加爱情。战书：三色线的芭蕉叶包，内有土块，表示争夺土地；子弹，表示宣战。和约：竹筒一节，两端各刻一个缺口，代表议和双方；中间刻一个缺口，代表中人；把竹筒一劈两半，各方保存一半。

随着社会的进步和文明的发展，实物记事逐渐显现出它的落后性，越来越不能满足人们交际的需求。于是，经过一番曲折的探索之后，古人记事和表达思想终于进入了下一个高级阶段——文字画阶段。我们不能草率地将文字画与文字画上等号。文字画不是真正的画作，所以其并不会过分地注重绘画的艺术性，只是粗略地记录下当时场景中发生的事情的大概意思，无法对具体内容作出详细而正确的记载，因而文字画不能算作文字，只能被视为文字的滥觞。世界各地保存的原始壁画就是文字画的代表，其大多具有文字画的性质。

真正意义上的文字是在文字画阶段之后诞生的。因此，许多专家学者都认为文字很可能起源于图画。文字的创造者充分体现了劳动人民的勤劳和智慧，他们的贡献和事迹借着神话传说流芳百世。

二、汉字的发展

根据我国许多专家学者对汉字的钻研和探索，目前可以认定的结论是，中国最早的文字来源就是图画，在许多的汉字及其演变历程当中，都可以隐约看到与其释义相似的图画的影子，因此我们认定，汉字的起源就是原始的图画。原始人通过临摹自己生活中的所见所闻，将其记录下来并传承下去，在一代代的传承中，这些图画慢慢演变成一种"表意符号"。

在"表意符号"的基础上，大约在公元前 14 世纪，终于出现了相对来说已经定型的文字——甲骨文。在学术界中，甲骨文被普遍认为是汉字最初的书写形式。到了西周时期，古人开始对青铜器情有独钟，而被刻在青铜的钟鼎和石鼓上的文字，和之前的甲骨文相比出现了明显差异，形成了一种全新的文字——大篆。因为大篆都记录在钟鼎和石鼓上，所以大篆字体在现代亦有钟鼎文和石鼓文之称。现如今，在故宫博物院内就存有 10 面秦国的石鼓，上刻有 10 首四言诗文。因为西周时期封建割据，各自为政，所以记录的文字也不尽相同。一直到秦朝，秦始皇一统华夏，实行书同文、车同轨，创建了统一的官方字体——小篆。这个时候的文字几乎已经完全没有象形文字的痕迹了。

到了汉朝，出现了"蚕头燕尾"的波折之笔，书写起来轻松自如，于是使用小篆的人越来越少，名为"隶书"的字体开始盛行。西汉时期流行的隶书被称为"汉隶"。汉朝在流行汉隶的同时，楷书正在悄然萌芽。在魏晋南北朝时期，当时的许多文人墨客都喜欢采用楷书。在唐朝时期，楷书更是盛行于世。由于楷书工整，书写起来颇费功夫，文人墨客和书法大家为了书写快捷，同时为了更好地抒发胸臆，寄情于笔端，创造出了一种流动顺畅、一气呵成、极具韵律和艺术感染力的字体——草书。在楷书和草书之间，还存在一种字体，就是行书，行书行文流畅，没有楷书那样规范严肃，也没有草书那样放荡不羁、难以识别。

到了宋朝，活字印刷术应运而生，在此时代背景下，宋体字成为当时书面文字的主流字体。宋体最早产生于北宋，脱胎于楷书，又有肥体和瘦体之分，可无论肥瘦，都是横细竖粗，透露出一股古朴端庄的韵味。在宋体的基础上，一些书法家又创建出了一种仿宋体，这种字体的发展和流行速度都很快，很快就成为人们最喜欢使用的一种规范字体，在各种不同场合得到了广泛使用。与此同时，随着印刷业的发展和阅读需求的改变，醒目大方的黑体也得到了无数人的青睐。黑体笔迹全部一样粗细，结构醒目严密，笔画粗壮有力，撇捺等笔画不尖，使人更加易于阅读。由于其醒目的特点，常被用于标题、导语、标志等，丰富了汉字的表现形式。

中华人民共和国成立以后，各种字体犹如雨后春笋般纷纷涌现，出现了综艺体、整块体、浮云体、变体等字体，极大地丰富了汉字的表达方式，这是汉字发展的必然结果，也是祖国文化繁荣的具体表现。在汉字的演变过程中，汉字字形、字体呈现出逐步规范化、稳定化的趋势。小篆使每个字的笔画数固定下来；隶书构成了新的笔形系统，字形渐成扁方形；楷书诞生以后，汉字的字形、字体就稳定下来，确定了"横、竖、撇、点、捺、挑、折"的基本笔画，笔形得到了进一步的规范，各个字的笔画数和笔顺也固定下来了。汉字产生以后，对周边国家产生了深刻影响。日本、越南、朝鲜等国家的文字都是在汉字的基础上创制的。

汉字不仅有完美科学的文字体系，而且有超越时空的适应性和优越性，有极强的开放性和兼容性，具有古今相通、四方互达的优越性。汉字的形体虽然在数千年间经历了从甲骨文、金文、篆书、隶书、楷书五种字体的演变，但其中有一些字如日、月、山、水、牛、羊等，直到今天仍然变化不大。由图形变为笔画，由象形变为象征，由复杂变为简单，凝聚了中国人对社会自然细腻入微的观察和体味。这就是汉语超越时代的优越性，如今汉语虽有闽粤方言、川陕方言，口语难通，但一写到书面上，都是相通的。

汉字的出现在历史中也起了很大的作用。世界上许多民族的文字大都是采用或改造其他民族的文字而创造出来的。例如，蒙文的字母来源于回鹘文，藏文的字母来源于梵文，维吾尔族的字母来自阿拉伯文。唯独汉字是中国人独自创造的，不但在创始初期是这样，就是在发展时期也几乎没有受到外来的影响，走的是一条独立发展的道路。

从历史上看，汉字对亚洲一些邻国文字的产生和发展影响较大，促进了周边国家、地区的文化进步。越南过去使用的文字"字喃"，是越南人根据汉字，按照形声方法制造的越南文字。朝鲜起初用汉字，后来在汉字基础上造出了音素字母"谚文"，与汉字夹杂运用。"谚文"字母创于 1443 年，形式近似汉字笔画，是音素制的。直到 1948 年，朝鲜民主主义人民共和国实行文字改革，全部采用"谚文"的拼音字母，不用汉字，原来的竖写也改为自左而右地横写。而韩国直到现在还是用汉字和"谚文"字母夹用的文字。日本则在公元三世纪就开始使用汉字，后来制造出汉字草书形式的"平假名"和楷书形式的"片假名"，日本文字就在汉字中夹用假名字母。此外，国内各少数民族也有不少仿照汉字制造了本民族的文字。例如西夏文字是用汉字的笔画和偏旁构成的，受汉字字形的影响是很明显的。还有"契丹国书""女真字"也是照汉字仿制出来的。可见，汉字不仅是如今世界上巍然独存的、人类历史上最古老的文字，而且对亚洲及国内少数民族文化的发展起过巨大作用。中国文字有着悠久的历史，而且现在还在使用着。这是世界文字史上独有的。

但是汉字也同样面临着挑战。演变到现在，许多象形字已不象形，形声字也不能标音，学习起来十分困难。当今社会是一个信息化的社会，文字的信息化，是人类发展史上继活字印刷术、字母打字机的发明以后的又一次新的革命。

三、汉字的特点

（一）汉字是平面型方块文字

从字体构造的角度来看，笔画是构成汉字的基础，笔画在构字时是在一个二维平面里进行、按照特定的顺序和结构多向展开的，虽然汉字的数量繁多复杂，但不管多么复杂的汉字，书写的笔画都会在一个平面型的方框里有序分布。在外观上或视觉上，汉字给人最明显的特点就是平面型的方块文字。而音素文字的字母在构词时是呈鱼贯式线性排列的，是一个字母接着一个字母呈线形展开的，如英语单词 linguistics（语言学）是由 11 个字母依次线性排列组成的，同时字母的排列顺序也能大体上反映出音节结构的顺序。

（二）汉字是表意文字

汉字是"讲理"的，这从汉字的外形和释义之间的联系中就能看出来。许多汉字的构造都不是凭空捏造的，有的汉字通过字形就可以大概联想到其含义，如"门、闩、口、山、火、刃"等；有的汉字可从它的组成成分猜测出大致的含义，如"炎、森、淼、从、明、泪"；有的汉字通过它的偏旁结构可以大致推想出字义类属，如"江、河、湖、海"跟"水"有关，"松、柏、柳、杨"跟"木"有关，"铁、铜、锡、铝"跟"金"有关。

传统上人们认为汉字是表意文字，是形、音、义统一的，汉字有见形知义的特点。这种特点在古代汉字中表现得更为明显。古代汉字是由象形符号或抽象符号构成的，这些符号大多和汉语中的语义有一定的联系，从而使字形本身具有了显义价值。汉字随着时代的发展也在不断变化，时至今日，汉字字形的符号性越来越强，字形显义的特点也越来越弱，尤其是汉字经过简化后，许多汉字的形、音、义之间的理据要追溯到它们的古代字形才能清楚地看出，甚至还有许多汉字已经很难或者根本无法看出字形和字义之间的联系了。例如，"首"字本是象形字，但现在从字形上已经很难看出像"人头"之形了；"亦"字本是指事字，指人的腋下，现在也无法从字形看出字义了。

总之，古代的汉字在形、音、义之间原本还存在着一定的联系，而这种联系在现代的汉字中已经逐步减弱。换言之，现代汉字已经不是完全的表意文字了。

（三）汉字是记录音节的文字

音素文字是用字母记录语音系统中的音位或音素，音节文字是用一定的符号记录语言中的音节。而汉字的字形和语音是相联系的，一个汉字记录一个音节。

汉字记录的语音单位虽然是音节，但与音节文字不同。音节文字中的文字符号只表示一个音节，一个音节也只用一个文字符号来表示。使用音节文字的语言中，音节总数不多，文字符号总数也不多。现代汉语普通话中带声调的音节总数则不少，大约有一千几百个，而汉字总数更多，有好几万个，音节跟汉字并不一一对应。其中，一个汉字可以表示几个不同的音节，如"和"可以表示"hé、hè、huò、huó、hú"五个音节。一个音节也可以用几个不同的汉字来表示，如"hé"这个音节，可以用"和、合、何、禾、河、荷、核、盒、涸、颌"等汉字表示，一形一音或一音一形的汉字并不多。

从现代汉字看，音节跟汉字的关系还有一种特殊情况，即存在两个汉字一个音节的现象，如"鸟儿""花儿"等写下来是两个汉字，读出来是一个音节，这是儿化现象。

（四）汉字记录汉语不实行分词连写

用音素文字记录语言，一般是自左向右或自右向左横行展开，单词与单词之间留有空隙，即分词连写，如英语句子"He is our very good friend."，单词与单词之间有空格，单词内部的字母连在一块儿写。这样很容易在英文的书写形式上分辨出这个句子共有六个词。而汉字记录汉语是一个字接着一个字，字与字之间留有空隙，词与词之间在书写时没有分界，如汉语句子"他是我们很要好的朋友"，我们很容易看出这个用汉字记录的句子有 10 个汉字，而这句话共有多少个词就很难在书写形式上加以分别了。

由于汉字在以语素或词的形式单独使用时，不会受到同音语素或同音词的干扰，所以可以不进行词的定型，不实行分词连写。

（五）汉字数量多、字形复杂

汉字记录的是汉语中的语素，汉语语素的数量很多，因而汉字的数量也非常多。从三千年前的甲骨文发展到现在，汉字的总数有九万个以上，即使是现代常用汉字和通用汉字也在 3 000 到 7 000 个之间。要使如此多的汉字在形体上有所分别，汉字的构造单位和构造方式必然是多种多样的，这样就形成了汉字在内部结构和外在形体上的一个明显的特点——结构复杂多变。而音素文字的字母对应的是音位，一种语言的音位数目是有限的，这样音素文字的字母的数目也是有限的，如英文字母只有 26 个，俄文字母只有 33 个，而且字母本身的内部结构和外在形体都较为简单。

（六）汉字具有一定的超时空性

汉字跟语音之间并不存在直接联系，相对而言跟意义的联系显得更加紧密，这就令汉字具有一定的超时空性。虽然现代汉语的语音系统同最初的古汉语之间发生了极大的变化，但好在汉字的字形在大体上依然是一脉相承的，因此现代汉字所代表的字义变化并不算大。正是这个原因，对于上古或中古的文献中出现的部分古汉字，掌握了一定数量汉字的人也能看懂或者揣摩其义。这一点就是汉字跟音素文字之间的不同之处，音素文字由于记录的是语音系统中的音位，语音系统变化了，拼音字母也就必然变化。所以后代的人不经过专门的训练，就很难识读前代的文献。从这方面来看，汉字对继承和传播中国古代文化遗产是有利的。

就空间方面来看，由于汉字不跟语音密切联系，同一个汉字在不同的方言区就可能有不同的读音，但不同方言区的人对同一个汉字的字义理解却是相同的。汉语方言之间语音差别很大，以致难以进行口头交流，可是把要说的话用汉字写下来就基本能互相理解了。如果是音素文字，语音系统差别太大，无论口头还是书面都难以交流。这样看来，汉字在一定程度上具有了超方言的特性。

第二节　汉语言语音研究

一、语音的性质

语音是人类发音器官发出的用以交际的声音，是具有一定意义的声音。语音是语言的物质外壳，语言要通过语音来传递信息，进行交流。

（一）语音的物理性质

语音首先是一种声音，它同自然界的其他声音一样，产生于物体的振动，具有物理性质。语音的物理性质具有四个基本要素：音高、音强、音长、音色。

1.音高

音高指声音的高低，是由发音体振动的快慢来决定的。声波每秒振动的周期次数就是声波的频率。在一定时间内振动的次数多，频率就高，声音就高；振动的次数少，频率就低，声音就低。发音体振动频率的高低与发音体的大小、长短、粗细、张力等因素有关。发音体长的、大的、松的、厚的一类，振动慢、频率低，发出的声音就低，反之则高。语音的高低跟声带的长短、厚薄、松紧有关。人的声带是不完全相同的，一般成年男子声带长而厚，成年女子声带短而薄，因而听起来男性比女性声音略低。此外，同一个人发音时声带的松紧不同，声音也有高低之别。汉语的声调，如普通话里的 dū（督）、dú（独）、dǔ（赌）、dù（度），主要是由不同的音高构成的。

2.音强

音强指声音的强弱，是由声波振幅的大小决定的。振幅大，声音就强；振幅小，声音就弱。如敲鼓时，用力大，音强就强，发出的声音就大；用力小，音强就弱，发出的声音就小。普通话里的"孝子"和"儿子"里的"子"音强不同，前一个"子"音强比较强，后一个"子"音强比较弱。词语中的轻重音主要是音强的不同形成的。并且，声音的强弱在普通话中还有区别词义的作用，比如"地道"中的"道"，分别读轻声和非轻声时，所表示的意思是不一样的。

3.音长

音长指声音的长短，是由发音体振动时间的长短决定的。时间长，音长就长；时间短，音长就短。英语中元音的音长有区别意义的作用，比如 ship（船）和 sheep（羊）的区别，主要是其中元音[i]的音长不同。sheep 里的[iː]音长长，ship 里的[i]音长短。在普通话和多数汉语方言中，音长对区别字词的意义作用不大，但在语句感情的表达上有一定作用。轻声音节中的音长较短，如读单字"亮"与读轻声词"月亮"的"亮"是有差别的，"月亮"的"亮"音长较短。

4.音色

音色指声音的特色，是由声波的不同形状决定的。它是每个声音的本质，所以也叫音质。发声体不同、发音方法不同、共鸣器的形状不同，都会造成音色的不同。

①发音体不同，音色不同。例如，胡琴和口琴的声音不同，原因就在于发音体一个是琴弦，一个是簧片。普通话中发 b 时，主要发音器官是上唇和下唇，发 g 时，主要发音器官是舌根与软腭，因而造成了声音的不同。

②发音方法不同，音色不同。例如，同一把小提琴，用弓子拉和在必要时用手指弹拨发出的音是不一样的。同样，g 和 h 这两个音，主要发音器官都是舌根与软腭，但 g 是用爆发方法发音，h 是用摩擦方法发音，发音方法不同，因而声音不同。

③共鸣器不同，音色不同。比如大、小提琴，二者的发音体都是弦，发音方法都是用弓拉，但是大提琴的共鸣器很大，小提琴的共鸣器很小，音色就不一样。大提琴浑厚、低沉，小提琴明亮、悠扬。再比如 u 和 o 的共鸣器都是口腔，但发 u 时口腔开度要比发 o 时小，因而声音不同。

在任何语言中，音色是区别意义的最重要的因素之一。

（二）语音的生理性质

语音是由人的发音器官发出来的，具有生理性质。发音器官及其活动决定了语音的区别。

发音器官可以分为以下三个部分：

1.肺和气管

任何声音都是物体受外力作用发生振动而产生的。气流是发音的动力，呼气时肺是气流的动力站，气管是气流出入的通道，肺部呼出的气流通过支气管、气管到达喉头，作用于声带、咽腔、口腔、鼻腔等发音器官，经过这些器官的调节而发出不同的语音。

2.喉头和声带

气管的上部接着喉头。喉头是由四块软骨构成的圆筒，圆筒的中部附着声带。声带是两片富有弹性的肌肉薄膜，两片薄膜中间的空隙是声门，声门是气流的通道。声带可以放松或拉紧，可以使声门打开或关闭。声门打开时，气流可以自由通过；关闭时，气流可以从声门的窄缝里挤出，使声带颤动，发出响亮的声音。

3.口腔和鼻腔

喉头上面是咽腔。咽腔是个三岔口，下连喉头，前通口腔，上连鼻腔。呼出的气流由喉头经过咽腔到达口腔和鼻腔。口腔、鼻腔、咽腔都是共鸣器，对发音来说口腔最重要。构成口腔的组织，上面的叫上颚，下面的叫下颚。上颚包括上唇、上齿、齿龈、硬腭、软腭和小舌。硬腭在前，是固定的。软腭在后，可以上下升降，软腭后面是小舌。下颚包括下唇和下齿，舌头也附着在下颚上。舌头是口腔中最灵活的器官。舌头又分为舌尖、舌面和舌根。舌头的前端是舌尖，自然平伸时，相对着牙齿的部分是舌叶，舌叶后面的部分是舌面，舌面后面的部分是舌根。上颚上面的空腔是鼻腔，软腭和小舌处在鼻腔和口腔的通道上。软腭上升时，鼻腔关闭，气流从口腔通过，这时发出的声音叫口音。软腭下垂时，口腔中的某一部位关闭，气流从鼻腔通过，这时发出的声音叫鼻音或纯鼻音。如果口腔内无阻碍，气流从鼻腔和口腔同时呼出，这时发出的音就会同时在口腔和鼻腔中共鸣，叫鼻化音（也叫半鼻音或口鼻音）。

（三）语音的社会性质

语音是一种社会现象，具备社会性质。语音的社会性是它的本质属性，突出地表现在语音和语义的联系上。何种语音表达何种意义，何种意义用何种语音表达，其间并没有必然的、本质的联系，也不是由个人决定的，而是一定范围内的社会成员在长期的社会生活中"约定俗成"的。在不同语种或方言中，同一个意思会用不同的语音来表示，比如"装订成册的著作"，在汉语普通话中用 shū（书）这一语音形式表示，在方言中还有 su、fu 或 xu 的表示方法，而在英语中则用［buk］（book）这一语音形式表示。正如我国古代著名哲学家荀子在《荀子·正名》中所言："名无固宜，约之以命。约定俗成谓之宜，异于约则谓之不宜。名无固实，约之以命实，约定俗成谓之实名。"

此外，各语种或方言都有自身独特的语音系统，这也是语音社会性的表现。即使从物理属性和生理属性上看完全一致的语音单位，在不同语种或方言中也可以有不同的地位或作用，因而形成不同的语音体系。例如，在普通话中有 z、c、s 和 zh、ch、sh 两组声母，私人≠诗人，桑叶≠商业。而在粤方言和吴方言中只有一组声母 z、c、s，没有 zh、ch、sh。再如，普通话中送气音 p、t、k 和不送气音 b、d、g 分得很清楚，是两套语音单位，兔子≠肚子，跑了≠饱了。在英语中送气音和不送气音却算作一套语音单位。可见，语音的性质不单单体现在物理和生理两个方面，还有社会属性，而且社会属性是语音的本质属性。

二、语音的单位

语音是人们用来感知语言、理解语言的。语音的基本构成单位是音节，但音节并不是最小的语音单位。从音色角度划分，音节由一个或几个音素组成；从构成结构划分，音节可分为声母、韵母、声调三个部分。需要特别指出的是，音节、音素是各种语言都有的语音概念，而声母、韵母、声调则是汉语特有的概念。下面分别从音素、声母、韵母、声调等四个方面对语音的单位进行阐述。

（一）音素

音素是最小的语音单位。这是从音色的角度进行划分的。普通话中的"他"和"踢"都各是一个音节，两者声母相同，声调相同，但是a、i不同，即韵母不同，发音就不一样，a、i再不能往下分了，它们就是最小的语音单位，就是音素。音节就是由音素构成的。普通话的一个音节，最少的由一个音素构成，如"啊"；最多的由四个音素构成，如"状"就包括zh、u、a、ng四个音素。在《汉语拼音方案》中，大多数情况是一个字母表示一个音素，如a、o、e、p、d；有五个音素是用两个字母表示：zh、ch、sh、ng、er。

现代汉语共同语语音系统共有32个音素，可以分为元音和辅音两类。

1.元音

元音在英语中叫作 vowel，这个词源于拉丁文，本意是"声音"，指的是凡是因声带颤动发出的能够引起口腔的共鸣，而又不受其他发音器官阻碍的音。元音是能独立发音的，相对于辅音又叫母音。在汉语中，元音也是发音时气流振动声带后，在口腔、咽腔不受阻碍所发出的响亮清晰的音。发元音时，气流在口腔里不受发音器官的阻碍，只受口腔的调节，所以呼出的气流比较通畅，如"a、o、e"等。

元音的发音特点是：①气流通畅，不受阻碍；②声带全部颤动；③发音器官的各个部位均衡地保持一种自然的紧张状态；④用力均衡，呼出的气流较弱，但能从发音器官的通道上自由地呼出；⑤声音响亮。发元音时，由于声带的颤动得到气流通道上各空腔的共鸣，所以元音的响亮度比较强，容易清楚地传播出去。

2.辅音

辅音是气流在口腔里受到阻碍，气流必须克服阻碍而发出的音。辅音又叫"子音"。在英语中，辅音叫作consonant，这个词也源于拉丁文，本意是"协同成声"，因为它在独立发音不附着元音的时候，音量微弱，不太响亮，听话的人在听觉上很难分辨是哪个辅音。所以，当人们呼读辅音音符的时候，习惯加上一个元音。例如，在呼读汉语拼音中的辅音声母"b、p、m、f"时都加上了一个元音"o"，否则无法辨别。从这个角度说，辅音也叫作子音，元音也叫作母音。

辅音的发音特点是：①气流受阻。发音器官各部位对气流构成各种阻碍，才能形成各不相同的辅音。②声带有的颤动，有的不颤动。发浊辅音时声带颤动，发清辅音时声带不颤动。③肌肉要紧张点。发音器官对气流构成阻碍部分的肌肉，比其他部分的肌肉更紧张，如发"b"时口腔肌肉比较紧张，但是紧张点在双唇上。④用力较大。发辅音时气流要冲破阻碍，所以肺部用力较大，气流较强。⑤响亮度较弱。清辅音的响亮度很弱，浊辅音虽是"带音"，但响亮度还是比元音小，因此辅音不容易清楚地传播出去。所以，在呼读辅音的时候，习惯上要加一个元音呼读。

3.元音和辅音的区别

元音发音时，气流在咽头、口腔不受阻碍；辅音发音时，气流通过口腔、鼻腔时要受到某个部位的阻碍。这是元音和辅音的最主要区别。

元音发音时，发音器官各部位保持均衡的紧张状态；辅音发音时，构成阻碍的部位比较紧张，其他部位比较松弛。

元音发音时，气流较弱；辅音发音时，气流较强。

元音发音时，声带要颤动，发出的声音比较响亮。有的辅音发音时，声带颤动，声音响亮，这样的辅音叫浊辅音；有的辅音发音时，声带不颤动，声音不响亮，这样的叫清辅音。

（二）声母

声母指汉语音节中开头的辅音。"普通话"三个音节的声母分别是 p、t、

h。22 个辅音中除"ng"不能当声母外（只能用在韵尾，如 zhang、chuang），其余的都可以作声母，也就是说普通话共有 21 个辅音声母：b、p、m、f、d、t、n、l、g、k、h、j、q、x、zh、ch、sh、r、z、c、s。

此外，有的音节开头的音素不是辅音，也就是说音节的声母为零。语音学上称为"零声母"，这样的音节称为"零声母音节"，如"藕（ǒu）"等。有了零声母概念，可以说普通话里所有的音节都有声母，都可以分为声母、韵母两部分。汉语拼音里的 w 和 y 两个字母，只出现在零声母音节的开头，如"衣（yi）""汪（wang）"等，但 w、y 是"头母"，而不是声母。它们的作用主要是使音节界限清楚。

（三）韵母

韵母指汉语音节中声母后面的部分。韵母由单元音或复元音组成，比如："普"的韵母里的元音为 u，"话"的韵母里的元音为 u、a；有的韵母中也有辅音成分，n、ng 两个鼻辅音常在韵尾出现，如"通"的韵母 ong 里含有一个元音 o 与一个鼻辅音 ng。

普通话韵母共有 39 个。其中单韵母有 10 个，复韵母有 14 个。二合韵母有 9 个：ai、ei、ao、ou、ia、ie、ua、uo、üe。三合韵母有 4 个：iao、iou、uai、uei。鼻韵母有 16 个，又分为前鼻音尾韵母和后鼻音尾韵母。前鼻音尾韵母有 8 个：an、en、ian、uan、üan、in、uen、ün。后鼻音尾韵母有 8 个：ang、iang、uang、eng、ing、ueng、ong、iong。

韵母内部按传统的分析方法又可以分为韵头、韵腹、韵尾三部分。韵母中开口度最大、声音最响亮的元音为韵腹，韵腹前面的元音为韵头，后面的音素为韵尾。汉语并非每一个音节中的韵母都有头、腹、尾三部分。有的音节没韵头，有的没韵尾，但是绝不能没有韵腹。韵腹是音节中的主干，是不可缺少的主要组成部分。

（四）声调

声调是音节中具有区别意义作用的音高变化。由于一个音节就是一个汉字，所以也可称为"字调"。例如"北（běi）"，读起来先降低然后又上升，这种先降后升的音高变化形式和升降幅度就是音节"北"的声调。普通话有四种基本声调：阴平、阳平、上声、去声。声调在词语和语流中会发生一些变化，也就是有音变现象。

三、语音的特点成因

现代汉语语音最明显和突出的特点是有比较强的音乐性，经常表现为声音悦耳动听、音调和谐柔美、节奏鲜明突出、韵律协调有致。上述特点主要由以下几个因素决定并凸显出来。

（一）元音

汉语音节中元音占优势，这主要是因为一个音节中可以没有辅音，但是不能没有元音。普通话中，单独由元音（包括单元音和复元音）构成的零声母音节比较多见，而辅音却基本不能单独构成音节。元音属于乐音，而辅音则属于噪音，乐音多而噪音少，所以现代汉语语音的音乐性就比较突出和明显。

（二）辅音

第一，没有复辅音。一些常用外语（如英语）中，都有两个甚至三四个辅音连在一起的复辅音。不少学者趋向于认为，古汉语中也有复辅音。但是普通话无论在音节的开头还是结尾，都不存在复辅音现象，一般情况下都是辅音与元音互相间隔，音节界限就比较分明，音节的结构形式也比较整齐，另外语言也更富节奏性。

第二，清辅音多而浊辅音少。普通话的 21 个辅音声母中，发音时声带不颤动的清辅音有 17 个，而发音时声带颤动的浊辅音只有 4 个，相对于英语以及某些方言，这个数量是相当少的。

（三）声调

汉语的每一个音节都有声调。声母、韵母和声调构成了汉语音节的三要素，其中声调是音节的标志，声、韵相同的音节往往靠声调的不同来区别意义。普通话阴平、阳平、上声、去声以及轻声的高低起伏与变化，一方面使音节的界限分明，另一方面也使语言更具高低抑扬的音乐色彩和风格。

第三节　汉语言词汇研究

一、词汇的定义和特点

（一）词汇的定义

词是语言中一种音义结合的定型结构。词汇又称语汇，是一种语言里所有词和固定短语的总和。词汇是语言的建筑材料，所有的语句都是由各种各样的词经过一定的方式排列组合而成的。

词汇是语言中最直接反映社会生活的要素，既代表了语言的发展状况，又标志着人们对客观世界认识的广度和深度。词汇的丰富与否决定了语言的表现力高低，个人的词汇量则往往取决于他的学识、阅历。词汇量等于信息量，深入生活、关注社会、阅读书籍、利用媒体是人们扩大词汇量的有效途径。

词必须具有语音形式，表示一定的意义（词汇意义、色彩意义、语法意义）。词是一种定型的结构。一个词通过不同的发音表达不同的意义，从而构成一个完整的存在。在定型后，词的音义基本上不会再发生改变。所谓结构，是指词也是由许多其他成分组成的。从语音形式方面看，它不仅具有由代表音位的音素组成的音节，而且它本身更是由数量不等的音节组合成的整体；从意义内容方面看，它是由表示意义的词素按照一定的语法结构组合而成的。因此，对一个词来说，无论在语音形式的组成方面、词素的组成方面，还是音和义的结合方面，它都是一个具有内部结构形式的整体。所以，词是一种定型的结构。

词是可以独立运用的。词作为语言符号的单位，是一个不依赖其他条件而独立存在的个体。人们在组句时，可以根据所要表达的意思，选取恰当的词，按照组句的语法规则，组成各种不同的句子。在组句过程中，词是一个可以被独立运用的备用单位。语言中有一部分是不能独立成句的，如副词"很""再"，量词"群""双""只"等。但是必须明确，不能独立成句绝不等于不能独立运用，以上例词虽然不能独立成句，但它们都能被独立运用来组句，而且在句中都能充当某个不可缺少的成分。

词是最小的、不可分割的整体，这主要表现为它必须表示一个独立而完整的意义。这个意义是特定的，表示某种特定的事物或现象。一般情况下，不能把词的意义看成它组成成分的简单相加。因此，词也不能再被分割，否则这个词就会失去原有的意义而不再存在，或者因改变了原来的意义而变成另外的词。

（二）词汇的特点

1.构词语素以单音节为基本形式

语素是语言的最小单位，也是构词的最小单位。在汉语中，单音节语素占绝大多数。在口头上，一个单音节语素指的是一个带声调的音节，而在书面上则是一个汉字，它们基本都是语义的承担者。汉语的单音节语素有两种存在方式：一是独自构成单音节词；二是与其他的语素或词缀相结合，构成合成词。

双音节和多音节语素始终是少数，它们构成的基本都是古代汉语遗留下来的联绵词以及各个时期音译的外来词。

2.构词方式以词根复合为主

一般语言的造词方法主要有两种，即"词根＋词根"的复合法与"词缀＋词根"或"词根＋词缀"的派生法。汉语造词方法以复合法为主，派生法为辅，并且表现出以下几个明显的特点：

第一，有意义的单音节语素差不多都能充当词根语素。

第二，复合词的构造与短语及句子的构造基本一致，用得最多的是并列、偏正、动宾、动补、主谓这五种组合方法。

第三，完全虚化（即不表示任何词汇意义）的真正词缀非常少，只有为数不多的几个，所以真正的派生词数量也不多。

3.以单音节和双音节为基本音节形式

汉语词汇的一个最重要的发展趋向是单音节词的双音节化，这既显示了汉语音节节奏的整齐美，又反映了汉民族的一种审美心理，另外还有效地减少了单音节词的同音词多和多义词多的现象。所以，古往今来，有大量的单音节词被双音节词替代，常见方法主要有：

第一，意义相近、相关或相反的单音节词并列成词，如"语言、手足、窗户、高低"等。

第二，添加词缀或"准词缀"，如"老师、狮子、学者、同化"等。

第三，添加修饰或限定语素，如"黄河、春耕、春天、改正"等。

第四，替换，如将"目"替换成"眼睛"，将"惧"替换成"害怕"等。

第五，重叠，如"微微、纷纷、舅舅、星星"等。

此外，词汇发展中的双音节化取向还表现在：

第一，保留大量古汉语中的双音节词，如"俸禄、惆怅、典范、遵循"等。

第二，把一些多音节短语或词进一步缩减为双音节词，如"整风、扫盲、花生、机枪"等。

第三，新生词语以双音节为多，如"电脑、手机、蚁族、房奴"等。

双音化的结果，是现代汉语中的双音节词占了绝对的优势。但是，这只是就数量来说的，如果就词的使用频率来看，情况则有所不同。《现代汉语频率词典》显示，在使用频率最高的 100 个词中，双音节词只有 15 个；在前 50 个高频词中，双音节词只有 3 个，分别是"我们"（第 21 位）、"他们"（第 41 位）和"自己"（第 50 位）。特别是在日常口语中，那些超高频和高频词均以单音节词为多（"买"与"购买"，"走"与"行走"）。所以，如果对现代汉语词的音节形式分布及其使用特点作一个较为准确的表述，则应当是单、双音节并重。

二、词汇的分类

在现代汉语词汇的分类中，在国内学术界最为流行并被作为比较成熟的词汇学研究成果编入现行各种现代汉语教科书的是关于基本词汇和一般词汇的分类。

（一）基本词汇

基本词汇是词汇中的主要部分，其包括的词叫作基本词。

1.基本词汇的特点

（1）全民性

基本词汇中的基本词所表示的都是全体社会成员在日常生活里所使用的最基本、最常用的概念或关系，不分阶层，不分职业，不分文化程度。

（2）稳固性

基本词汇中的词所反映的事物或现象都是人们生活中最必需、最重要、长期存在的，因而表示这些事物或现象的基本词汇也就随之长期存在，具有稳固性。但稳固性是相对而言的，基本词汇也有变化。

（3）能产性

基本词具有比较强的构词能力，是构成新词的基础，如"大"，由"大"构成的词就将近 400 个。但也有一些基本词构词能力不强。

2.几组重要概念

词汇的核心是基本词汇，基本词汇的核心则是根词。它们是基本词汇中构成新词的能力很强的词，如"天、地、山、水、人、大"等，都是根词。

为了进一步理解根词，需要区分以下两组概念。

（1）根词和基本词

在基本词中，有许多构词能力很强，本身是可以独立运用的词，它们经常充当构成合成词的语素，这些基本词是根词。

例如，"一"是一个独立的词，是造句单位，也可以作为语素构成几百个合成词和固定结构：一般、一边、一并、一旦、一定、一度、一概、一贯、一流、一律、一切、一起、一瞬、一向、一样、一直、一致、万一、专一、唯一、统一……一把手、一刹那、一场空、一次性、一刀切、一锅粥（形容混乱的现象）、一锅煮、一口气、一揽子、一盘棋（比喻整体或全局）、一条龙、一言堂……一板一眼、一本正经、一笔勾销、一步登天、一唱一和、一尘不染、一筹莫展、一刀两断、一帆风顺、一鼓作气、一见如故、一劳永逸、一马当先、一马平川、一穷二白、一丘之貉、一事无成、一知半解、网开一面、九死一生、昙花一现……

可见，根词和基本词的区别在于，根词的构词能力特别强。根词一定属于基本词，而基本词并不是每一个都有很强的构词能力，如基本词中的代词和虚词等构词能力并不强。

（2）根词和词根

因为根词具有构词能力强这一特点，所以与构词法中说到的词根有了联系。当根词不是作为一个可以独立运用的词，而是作为一个语素，同其他语素构成合成词时，它就成了词根，如"天"："解放区的天，是明朗的天。"这句话中的"天"是一个词，是根词。在"天才、天空、天气、天使、天涯、春天"等词中，"天"是构词成分，是语素，是词根。

而词根，不一定同时又是根词，它的情况较为复杂。

有的词根是不成词语素，即使它有很强的构词能力，但是它只是语素，不是词，当然也就不是根词。例如，"民"可以构成很多合成词，如"民主""民族""民乐""民心""农民""人民""居民"等，但不能独立成词，所以在现代汉语中不是根词。

有的词根虽然可以独立成词，是成词语素，但构词能力不强，没有普遍性，也不能成为根词。

有的词根既可以是词根，也可以独立成词，而且构词能力强，有普遍性，当它独立成词时就是根词了，如前面所说的"天"。

根词和词根是不同性质的概念。根词是词，是就这些词与词汇系统的关系说的，与基本词及一般词相对而言。根词是基本词汇的核心部分。词根是语素，只是就合成词的内部构造说的，与词缀相对而言。词根是合成词中的核心部分。

（二）一般词汇

语言中基本词汇以外的词构成一般词汇。基本词汇和一般词汇的关系是相互依存、相互渗透。

一般词汇按照构成成分的不同来源，主要分为古语词、方言词、外来词、借形词、新造词和专业词语等。

1.古语词

古语词是产生于古代汉语，在古代汉语里用过，在现代汉语一般不常使用，只有在一定场合、一定要求下才使用的词语。

古语词既不是仅在古代汉语中使用而在现代已经消亡的词语，也不是从古代一直沿用到今天仍在口语中大量使用的词语。汉语是有着悠久的历史文明和灿烂的文化背景的语言，古代留下来的丰富的书面文献，成为现代汉语不断丰富其词汇的一个十分独特的源泉。

古语词包括历史词语和文言词语两种。

（1）历史词语

历史词语表示本民族历史上出现过但现实生活中已经消失了的，或神话传说中的事物现象的名称，如"鼎、井田、宰相、夸父"等。

鼎：商周时期的炊器，多用青铜制成，圆形，三足，两耳。

井田：相传殷周时代的土地制度，把土地划成井形，中间为公田，其余为私田。

宰相：古代辅助君主掌管国事的最高官员的通称。

夸父：神话中一位追赶太阳的人。

到了现代，历史词语一般只在说明历史现象和事物时使用，多见于历史学著作。也有的用作比喻、借代等，如人们把独生子女称作"小皇帝"。

（2）文言词语

文言词语在古汉语中用过，它们表示的事物、现象、观念在现实生活中还存在，但现代汉语已不再使用它们来指称，已经有现代词语代替它们，如"尚、民、父、谓、乃、之、乎、者、也"等。

文言词语一般有同它对应的现代词语存在，这是历史词语所没有的性质。

在古代汉语词汇中，典雅规范的文言文书面词语，是现代汉语吸收的主要对象。

古语词在现代汉语中的运用，受到一定题旨情境的制约，使用得当，可以产生很好的表达效果。在文学作品中适当运用古语词，可使表达典雅、委婉而多情趣；在科技语体中经常使用单音节的古语词，可使表达简洁、凝练；将古语词用在贺电、唁电、重要声明中，可使表达具有庄重、严肃的感情色彩。

2.方言词

方言词有广义和狭义两种理解，广义的方言词指各种方言里的词，狭义的方言词指从方言里吸收进普通话的词。

吸收方言词应该注意：①不吸收与普通话词汇在意义、色彩方面完全相同的方言词，而应吸收方言词中那些表示特殊意义、人物的生动形象或地方性人物特征的词；②不吸收对丰富普通话词汇无积极作用的方言区词；③基础方言中同时使用的几个意义完全相同的词，应当选用其中最普遍通行的。

3.外来词

外来词是从外族的语言词汇中吸收进普通话词汇中的词。外来词进入汉语以后要在语音、词汇、语法等方面进行改造，如语音方面有了声调，语法方面失去了形态标志等。

外来词进入汉语有四个高峰期：①汉朝，张骞出使西域后，出现波斯语的词；②汉朝到唐朝，特别是玄奘取经后，出现大量有关佛教的梵语词；③鸦片战争以后，中国人向西方寻求发展，出现大量英语词；④改革开放以后，出现大量的英语词。

使用外来词要注意：基础方言和非基础方言同时吸收进来的外来词，一般采用基础方言；尽量采用意译的外来词；音译的外来词尽可能采用通用的形式。

4.借形词

借形词又称"形译词"，指的是形、义都和原词相同，只是读音改变的词语。近代以来，汉语在借用这些词语的时候，往往"连形带义"一道借用，读音却采用汉语读音。

5.新造词

新造词是为了适应社会发展的需要而创造出来的新词。

新造词构成的途径：一是利用既有的基本词或语素，按照汉语的构词法直接构成；二是由短语减缩而成。新造词和生造词不同。

6.专业词语

专业词语是指各个行业和科学技术上应用的词语，分为行业语和专门术语。专业词语可能产生引申义，运用到社会生活中成为通用词。

三、词汇的构造

词是由语素构成的，而语素是如何构成的就涉及词汇的构造。按其构造方式的不同，词汇可分为单纯词和合成词两大类。

（一）单纯词与合成词的概念

1.单纯词的概念

单纯词是由一个语素构成的词。无论音节多少，只要由一个语素组成都是单纯词，如"山""好""树""摇""二""很""的""了""扑通""蝴蝶""莫斯科"等。

2.合成词的概念

合成词是由两个或两个以上语素构成的词。无论是词根语素还是词缀语素（当然其中至少有一个是词根语素），只要由两个或更多的语素组成都是合成词，如"报纸""腐败""哥哥""思想""睡觉""提高""自卫""胖子""星星""黑乎乎""白茫茫""计算机"等。

（二）单纯词的语音结构

从上面所举的例子可以看出，单纯词的语音结构不是单一的，其中有单音节的，也有多音节的。多音节的词无论音节有多少，单个的音节都不表示意义，只有几个音节组合起来才能表示意义。对于多音节的单纯词而言，其内部的声音形式之间可能具有不同方面的联系。多音节的单纯词从声母、韵母、音节之间有无联系、有什么样的联系这个角度分类，可以分为以下几种。

1.联绵词

联绵词是由两个音节连缀成义的单纯词，主要包括以下几种：

①双声联绵词。双声联绵词指构成的两个音节的声母相同的联绵词，如"仿佛""鸳鸯""伶俐""蜘蛛""蹊跷""坎坷""参差""忐忑""含糊""澎湃"等。

②叠韵联绵词。叠韵联绵词指构成的两个音节的韵母相同的联绵词，如"骆驼""逍遥""混沌""霹雳""苗条""蹉跎""牯辘""迷

离""深沉"等。

③非双声叠韵联绵词。非双声叠韵联绵词指构成的两个音节既非双声又非叠韵的联绵词，如"葡萄""蝴蝶""鸳鸯""芙蓉""鹧鸪""蜈蚣""囫囵"等。

2.叠音词

叠音词指由一个音节重叠而构成的词，如"猩猩""姥姥""侃侃""翩翩""孜孜""冉冉""喋喋""迢迢""谆谆"等。

3.拟声词

拟声词是模拟客观事物、现象的声音而形成的词。例如，"嘎吱""知了"就是模拟事物发出的声音而形成的词。又如"叮当""扑通""哗啦""轰隆""扑哧""吧哒""噼里啪啦""稀里哗啦"等。单个的音节或者没有意义，或者与原来的意义毫不相干。

4.译音词

译音词是指模拟外语词的声音形式而形成的词。例如，"咖啡""的士"就是模拟英语词的声音形式形成的词。又如"幽默""巴黎""吉普""马拉松""白兰地""乌托邦""歇斯底里"等。无论音译词的音节有多长，单个的音节都没有意义。

（三）合成词的构成方式

1.复合式

复合式是由词根和词根组成的合成词。词根和词根的组合方式不同，形成该种合成词内部结构的方式也有差异，主要有以下几种类型。

（1）联合式

联合式复合词由两个意义相同、相近、相关或相反的词根并列组成，如"城市""艰难""制造""头绪""骨肉""禽兽""岁月""动静""得失""来往"等。构成联合式的各部分之间是平等并列的关系，没有主次之分。

（2）偏正式

偏正式复合词是由前一词根修饰、限制后一词根形成的词，如"书包""绿豆""汉语""导师""长跑""狂欢""蜂拥""重视""牛皮纸""毛毛雨"等。前后语素之间具有修饰与被修饰的关系，起修饰作用的前语素是偏语素，被修饰的后语素是正语素。

（3）补充式

补充式复合词是由后一词根补充、说明前一词根形成的词，如"提高""改正""弄清""说明"等，前一语素往往表示某种行为动作，后一语素表示动作行为的结果。另有一些补充式，如"松树""梅花""布匹""花朵""泪汪汪""白茫茫"等，前一语素表示一种事物或现象，后一语素用表示的物类、单位或情状对前语素进行补充说明。

（4）动宾式

动宾式复合词是由前面表示行为动作的词根支配后面表示关涉事物的词根形成的词，如"知己""担心""观光""吃力""理事""负责""剪彩""冒险""动员""接力"等。前一语素表示行为动作，后一语素表示动作行为所支配的对象。

（5）主谓式

主谓式复合词的前一词根表示被陈述对象，后一词根是陈述前一词根的，如"目击""地震""肉麻""肩负""霜降""日食""事变""胃下垂"等，前后两个部分是陈述和被陈述的关系。

2.重叠式

重叠式复合词是由相同的词根重叠而成的词，如"星星""白白""区区""落落""爸爸""姐姐""星星点点""老老少少""花花绿绿""坑坑洼洼"等。

一个词根重叠形成的双音节词的意义与重叠之前的词根的意义是一致的，由两个词根分别重叠构成的四音节词是在重叠之后取得词的资格的。

3.附加式

附加式复合词是由词根和词缀组成的合成词。根据词缀所在的位置分为以下两种情形。

（1）前缀＋词根

词缀在前，词根在后，如"老师""阿姨""老虎""老百姓""阿哥""阿妹""第一""初二"等。

（2）词根＋后缀

词根在前，词缀在后，如"扣子""桌子""现代化""甜头""作者""自觉性""风儿""突然""忽然""邮递员""酸溜溜""黑乎乎"等。

同样是词缀，构词的情形并不完全相同，有些如"老师""老百姓"中的"老"，"桌子""石头"中的"子"没有什么意义，主要陪衬音节。有些有一定附带的意义，如"第一""初二"中的"第""初"表示次第的意义，"酸溜溜""黑乎乎"中的"溜溜""乎乎"带有某种强化的意义。还有些词缀表示一定的语法意义，如"扣子""想头"中的"子"和"头"将动词"扣"和"想"变成了名词。此外，同样一个成分可能属于不同性质的语素，如"老"，在"老者""老人""长老"等词中是词根语素，在"老师""老鼠""老虎""老百姓"等词中是词缀语素，应注意分辨。

合成词可以由两个语素组合而成，也可以由多个语素（两个以上）组合而成。该类复杂的合成词有多个结构层次，每个结构层次都有自己的结构关系。如"痱子粉"，"痱子"和"粉"是一个大层次，两者之间是偏正关系；其中"痱子"内部还可以再分出一个层次"痱"和"子"，两者之间是词根加词缀的附加关系。无论怎样复杂，合成词的结构关系都应以第一个结构层次为依据来确立。

第四节　汉语言语法研究

一、语法的定义

（一）语法的概念

语言是按一定构造规则组织起来的，语法就是语言的构造规则。例如，在"外国朋友吃比萨"这个句子中，"外国"与"朋友"构成定中短语，"吃"和"比萨"构成动宾短语，"外国朋友"与"吃比萨"构成主谓短语，最后加上语调形成了句子。这个句子不能说成"比萨吃外国朋友"或"吃外国比萨朋友"，也不能说成"比萨外国吃朋友"，因为这些说法不符合汉语语法规则。这说明，词语的组合不是任意的，必须接受语法规则的制约才能表达明确的意思。语法规则对语言表达和语言理解有着非常重要的作用。

语法这个术语，一是指语法事实，二是指语法理论。语法事实是指语言中客观存在的语法规律；语法理论指的是描写、解释语法规律的理论，即语法学。比如"语言表达要合乎语法规范，学点语法是有好处的"这句话，前面的"语法"指语法规律，后面的"语法"指语法学或语法知识。客观存在的语法规律需要语言研究者去认识、发掘，并对其进行归纳和整理，语法学说和理论是由语言学家创立的。由于语言研究者的研究背景、学术渊源、掌握的材料和观察问题的角度不同，有可能形成不同的语法学说，即语法学理论。这些理论面对同一语法事实，可能有不完全相同甚至完全不同的解释，这属于语法研究过程中的正常现象。

传统语法把语法分为词法和句法两部分，词法研究词的构成和形态变化，句法研究短语和句子的构成。由于汉语缺乏严格意义上的形态变化，词、短语和句子通常采用同一套结构规则，因而汉语语法研究主要在词、短语和句子三个层面上进行。

（二）语法的性质

语法具有抽象性、稳定性和民族性。

1.抽象性

抽象性是指从具体的语法事实中概括出的语法规则具有抽象的性质。例如，"目击、地震、雪崩"都是主谓式的合成词，"看书、讲文明、点燃希望"都是动宾短语，"他把水杯打碎了"和"孩子把衣服撕破了"都是把字句。可见，语法是抽象出来的格式，舍弃了个别的、具体的内容。现代汉语的语法单位如词、短语和句子不计其数，但是其结构规则是有限的。语法学的任务就是揭示组成词、短语和句子的结构规则，以便学习者以简驭繁，认识复杂的语言现象。语言使用者只要掌握了有限的结构规则，便能创造出无限个词、短语和句子。

2.稳定性

社会是发展变化的，语言也随之发展变化。与语音、词汇相比，语法的变化相对缓慢，具有一定的稳定性。首先，语法规则具有延续性，甲骨文中汉语就使用主语在前、谓语在后的格式，如"今日其来雨"，现代汉语译为"今天将要下雨吗"，今天仍然使用这种格式。其次，语法规则的替换或消亡要经过漫长的时间才能完成。比如"廉颇者，赵之良将也"这种古代汉语判断句，它是名词或名词性短语作谓语，现代汉语的判断句一般要用判断动词"是"，如

"廉颇是赵国的好将领"。但古代汉语的这种用法至今还未完全消亡，在现代汉语里偶尔还出现，如"老舍，北京人"。再次，一些新出现的规则要经过很长时间才能普及使用。像"很＋名词"这样的结构，一开始出现的时候人们感到很突兀，时间长了，慢慢地开始接受了。一般说来，新语法规则的形成和旧语法规则的消亡，都有一个很长的过程。语法的稳定性是由语言交际的性质决定的，因为短时间内变换一套新的规则将会使人们在语言表达中无所适从，不利于交流。

3.民族性

汉语语法具有明显的民族特点。与英语比较，英语数词与名词可以直接组合，汉语一般在数词和名词中间加量词，如"两本书"。汉语的大多数名词没有"数"的概念，只有指人的普通名词加"们"，英语所有名词都有"数"的语法意义，一般情况下，名词复数加"s"，有的加"es"。两种语言表达语法意义的手段有很大的不同。比如，汉语说"我喝水"，藏语却说"我水喝"。这些都是语法民族性的体现。语法的民族性是由不同民族使用语言的习惯造成的。

二、语法的特点

汉语缺少严格意义上的形态变化，这是语法方面的主要特点。比如英语的take，有时变为 took、taken、taking。汉语的"拿"，不论出现在什么位置，都没有形态变化。由于汉语具有这个特点，便产生以下几个语法现象：

①动词、形容词可以充当主语或宾语，如"坐着舒服""虚心使人进步""我喜欢在海边游泳""女孩子都爱漂亮"。

②动词可以直接修饰名词，如"遗留问题""出发地点""分别时间""说

话口气"。

③名词可以直接修饰动词，如"资格审查""个别交谈""长期休养""低空飞行"。

在汉语句法结构中，语序的安排具有重大作用，这也与缺少词形变化有关。例如，词组中有主谓结构，而没有谓主结构；有偏正结构，而没有正偏结构。至于句子，由于语用的需要，语序就比较灵活了。比如不但有主语在前、谓语在后的句子，有时也会出现谓语先于主语的句子。

别的一些语言用形态变化表示的意义，汉语常用虚词来表示。例如，用介词"被"表示被动，用助词"了""着"表示时态等。

现代汉语还有一个值得重视的特点，那就是单双音节对语句结构的影响，如有些单音节词在使用时受到一些限制。例如别人问："贵姓？"可以回答"姓李"，也可以回答"欧阳"，但不能单说"李"。问日期，可以回答"五号"，也可以回答"十五"，但不能单说"五"。问地名，可以回答"沙市""梅县"，也可以回答"天津"，但不能单说"沙""梅"。有些单音词不能在句首出现，如可以说"刚刚我看到他"，不能说"刚我看到他"。有些双音词后边必须接双音词，不能接单音词，如"加以""进行""大力""逐步"等。

汉藏语系的其他语言同汉语有亲属关系，具有某些同汉语相同的特点。粗略地说，"有声调""语序固定"是汉藏语系语言的共同特点。然而这些特点在各语言中的具体规律并不完全相同。例如声调，现代汉语有 4 个声调，藏缅语族的景颇语有 3 个声调，苗瑶语族的苗语有 7 个声调，侗傣语族的壮语有 8 个声调。又如语序，以主语、动词和宾语在句中的位置来说，汉语用"主语—动词—宾语"的次序（如"我吃饭"），而藏缅语族用"主语—宾语—动词"的次序（如"我饭吃"）。以定语和中心语的位置来说，汉语用"定语—中心语"的次序（如"马头""我〔的〕书"），而傣语则用"中心语—定语"的次序（如"头马""书我"），苗瑶语族一般用"定语（代词）—中心语（名词）""中心语（名词）—定语（名词）"的次序（如"我〔的〕书""头马"）。

汉语是我国人民的交际工具，也是汉民族的重要特征之一。只有深刻地认识汉语的特点，才能了解和掌握汉语的内部发展规律。

三、句子的成分

（一）句子成分概述

句子成分是构成句子的若干语法单位。所有的句子都是由它们以不同的样式形成的。

句子是语言的基础结构单位。我们研究语法主要就是研究句子。研究句子就是研究句子内部是如何构成的、如何表现的，而主要任务之一就是研究句子成分。

句子成分是人们经过长期观察、概括而确定的。这是很了不起的，因为这使我们得以认识句子内部的关系。

人们概括了如下几个句子成分：主语、谓语、宾语、定语、状语、补语。这样的概括应该说是比较成熟的，是能站得住的。因为这几个成分所形成的句法结构框架，反映了客观事物规律性的存在，高度概括了个体客观事物存在的关系状况及活动变化状况，所以它必然被普遍认可。

世界上有各种各样的语言，它们的基本结构框架大多类似于以上句子成分框架。这些句子成分是在句子内的词、短语等的选择搭配中，显示出不同句法位置功能的成分单位。

句子成分体现了句子内部的结构关系：这个成分的功能作用是什么，那个成分的功能作用是什么，它们之间的关系又是怎样的。这便体现了范畴语义关系。范畴语义关系是抽象的、概括的，是句子成分及其框架存在的基础。

有一个问题需要思考，那就是词类和句子成分的关系。我们曾说，句子是由词和短语构成的，这里又说，句子是由句子成分相联系组成的。那么这两者之间又是什么关系呢？

句子成分以词类（主要是实词类）为内容实物，而词类在句子内以句子成分为依托。如果没有词类（体现出物质的实际的东西），句子成分便是个空架子，是虚的，所以它们必须由词类来充实。但是没有句子成分这个句子的基本框架为依托，实词也就不能体现出句子的语法关系来。比如，我们不能说动词前边的是名词（也可以是其他词类），动词后边的也是名词（也可以是其他词类），如何如何。这样就难以把问题说清楚。只有二者相结合，既能体现出句子内部的结构关系，又是实实在在的，才能满足交际的需求。

句子结构需要具体化，这必须得有词类的介入。句法分析具体化依赖于词类分析具体化。

句法分析，句子成分分析，主语、谓语（中心语）、宾语、定语、状语、补语分析应该具体化、实用化，应该看得见、摸得着、用得上。如何才能达到具体化呢？这就需要引进词类分析。只有进入句子结构的词类分析具体化，才有可能显示出句法分析具体化。而句法分析具体化要依赖实词类分析具体化。

语法研究的目的，最重要的应该是为语言的使用者服务。这并非不重视理论方面。从根本上说，理论应该是对研究对象的调查、分析、概括、总结，理论又是指导实际的。我们应该有一套语法理论、一套语法体系、一套具体的规则、各样的特征及特征系列的描写。这样，既有理论，又有实际内容，才是完善的。

首先介绍宾语分析具体化。充当宾语的多是名词类。受事宾语对名词类是开放的（属开放类），即一般名词都可以进入宾语位置，自由替换。而其他类型的宾语（工具宾语、目的宾语、方式宾语、原因宾语等）对名词类不是充分开放的，属封闭类，即只有少部分名词才能进入这些类型的宾语位置。因为它们数量少，又没有推导性，便有可能也有必要把它们全部列举出来。这样宾语分析显得具体而便于操作、认识。

其次介绍状语分析具体化。对于状语分析，先要按词类类别为状语分次类。如副词状语次类，其状况怎样，有什么特征；介词短语状语次类，其状况怎样，有哪些特征；形容词状语次类，其状况怎样，有哪些特征；其他次类，其状况怎样，有哪些特征。这样，充当状语的词类分析具体化了，也就显示出状语成分的具体化。

最后介绍补语分析具体化。补语位置是各个实词类显示自身具体特征的最多、最显眼的位置。补语位置也是动词虚化的位置，如"抓住、看透、看穿"等，其中的"住、透、穿"等都是动词虚化词。补语位置也是词的非自主化的位置，比如充当单词补语的动词都是非自主动词，充当单词补语的形容词也常是有变化功能的形容词（这种变化也是非自主的）。补语也是加重程度的位置。比如，能够作补语的副词有"极"（难受极了）和"很"（瘦得很）两个，都是加重程度的副词。

从以上举例可见，句法具体化主要依赖词类具体化。下边简单介绍各句子成分。

（二）主语和谓语

主语和谓语是句子层面的两大部分，一个是被说明者，一个是说明者。要把句子观察清楚，需要对主语和谓语再分类。主语首先可以分为话题主语和施事主语，和它们相对存在的便有特别主语，与其相对应的是特别谓语。

话题主语相对应的是谓语的整体。谓语包括各种句子成分：谓语中心语（动词、形容词）、宾语、补语、定语。话题主语是被说明的部分，谓语是说明部分。

施事主语相对应的主要是谓语动词。施事主语是动作行为的发出者，动词是动作行为的体现者，但是动词并不是孤立地来体现的，它是和其他句子成分相结合来体现的。

特别主语主要是和施事主语相比较而存在的。有不同类的动词，也就构成了不同类的谓语，形成了不同类的相对应的主语。另外，特别标识类的句式，由于有特别的句子结构模式，也会显示特别的主语和特别的谓语句式来。

（三）宾语

宾语是一个比较复杂的句子成分，它的复杂性体现在它可以由不同的名词充当。名词进入宾语位置似乎很随便、很灵活，这样便出现了与动词的各种不同的语义关系。

一个动词和一个名词（包括名词短语）简单地结合，没有其他的语法成分相依托，便体现出了丰富的、不同的内容关系，这是汉语语法的特别之处，也是其魅力所在。那么这里边的巧妙之处在哪里呢？要想回答这个问题，需要克服认识上的一种障碍，即对语义作用的评估。因为解决这个问题首先需要从语义入手，从语义关系上可以分出直接宾语、间接宾语，进而分出受事宾语、处所宾语、对象宾语，再分出工具宾语、目的宾语、原因宾语、方式宾语、方面宾语、角色宾语等。这样分类涉及三个方面：其一是跟动词分类有关系，其二是跟名词的分类有关系，其三是跟语义范畴分类有关系。再进一步观察分析会发现，这样分类跟不同的介词选择、移位有关系，这便可以让我们看到宾语不同类别的形式依据。

另外，宾语还有结构上的类别：双宾语类、动词短语宾语类。依据这一线索，我们能够把宾语及其分类理得清楚些。

（四）补语

谓语中心语后边有两个成分，一个是宾语，另一个是补语。补语的内部有点"乱"，有数量词补语、介词短语补语、趋向词补语、单词补语、短语补语等。

从补语的功能关系看，有的是表示程度的，有的是表示结果的，有的重在叙述或描写。从语义指向关系来看，有的是指向中心语的，有的是指向主语的，有的是指向宾语的。

总的来看，宾语是名词性的，而补语则是动词性的，也可以说是叙述性的。动补结构常常是一种综合的形式，也就是两个叙述凝缩综合而形成的。比如，"你把孩子吓哭了"是由"你吓孩子""孩子哭"凝缩而成的。

宾语的复杂性体现在语义类型的众多、关系的多样上，而补语的复杂性不仅体现在它内部类型的多样，还体现在它的凝聚综合性上。补语的这种状况，也显示了汉语语法结构的特点和汉语以比较简单的结构形式表达着丰富而复杂的内容的特点。

补语总的系列特征包括：①充当补语的词类，短语的选择特征；②语义内涵及指向的选择特征；③和中心语选择组合的特征；④虚化的选择特征；⑤提问、作答的选择特征；⑥略化的选择特征。

（五）状语

"主语＋中心语＋宾语"是句子的主干框架，但是句子的结构往往根据交际表达需要进一步丰满、细致，仅有"主干"是不够的，还需要辅助部分，即状语和定语。

状语一般位于谓语中心语的前边，由副词、介词（短语）、形容词等构成，描写、说明中心语。

以实词为中心语的句子需要显示动作行为或事件的时间、处所、范围、频率、语气、情态、轻重程度、行为的方向、对象、缘由、依据及各种状态，这样的表达内容便由状语来承担。只有补充了这些，句子才能表现得比较圆满。

谓语中心语的前边是状语的常在位置，而主语的前边是状语的可在位置。作状语的某些词语也可以位于中心语的后边，如"极、很、直直地（站得直直的）"等，不过这都算在补语类里了。但是它们的功能作用和状语是一样的。

状语总的系列特征包括：①在句中所处的句法位置选择特征；②充当状语的词类、短语选择特征；③对否定词的选择特征；④提问和作答的选择特征；⑤语义指向的选择特征；⑥状语分裂的选择特征。

（六）定语

定语是句子结构的另一个辅助成分，它位于主语、宾语中心成分（名词）的前边，起描写、说明、修饰的作用。

中心成分名词（指人或事物）需要显示数量、时间、处所、归属、范围、性质、状态、某方面的特征、用途、来源、质量等，这样的方方面面都由定语来承担，只有补充了这些，所指的人或事物才能表现得更圆满、细致。

作定语的词语有数量词、代词、形容词、动词、主谓短语、介词短语等。

定语总的系列特征包括：①充当定语的词类，短语的选择特征；②定语和中心语（名词）的选择特征；③定名偏正短语略化的特征；④提问、作答的选择特征。

第三章　中国现代文学的
产生与发展

第一节　中国现代文学产生的
重要条件

　　1840 年的鸦片战争是中华民族第一次面临生死存亡的危机。之后，西方列强用军舰、枪炮迫使中国的最后一个封建王朝签订了一系列丧权辱国的条约，从而使中国的知识分子看到了古老的中华民族面临着被淘汰的民族危机，他们开始以科学观念来思考民族命运，产生了强烈的改革需求。

　　从鸦片战争到戊戌变法，清政府先后进行了多次改革，但均以失败告终，其中最具历史意义的改革就是 1898 年的戊戌变法。19 世纪与 20 世纪之交，中国文学已在外部与内部作出了双重的现代化努力，许多观念性的变革都在 1898 年前后发生，从社会的组织结构上寻求变革，带动文化机制的变化，进而影响文学。当时的历史背景决定了现代文学既是社会大振荡、大阵痛和大调整的产物，又是中西文化大撞击和大渗透的产物。

　　胡适曾在《五十年来中国之文学》中说："这五十年（1872—1922 年）是中国古代文学的结束时期，也是白话文学获得最后胜利的时期。最后胜利的标志就是 1916 年以来的文学革命运动。"在这段文字中，虽然胡适所言不多，但是有一点成为几乎所有新文学史叙述的前提，那就是将新文学视为与中国古代文学截然不同的文学，并以此建立新、旧文学的分界。1916 年以来的文学革命不仅赋予了文学一种"启"的意义和白话文的形式，而且体现了这个时代中国文学对现代性的追求。

一、近代知识界的形成

这里所说的知识界并不是指由知识者天然形成的团体，而是指在近代中国的各种社会力量的作用下所形成的话语的空间，是知识、文化、思想和实践的阵营和领域。近代知识界不仅是中国现代文学产生的条件和背景，也为中国现代文学提供了充足的动力和资源。

（一）知识分子角色的转换

衰世危机掀起了社会的批判思潮，寻找救世之路成为近代思想解放的先声。西方的器物、政体及风俗，引起了知识群体的关注，为国人打开了放眼西方的视域。在借鉴西方经验的过程中，不断的失败既使知识群体意识到封建体制的弊端，也使他们开始重新寻找身份认同。知识群体在变法中逐渐确立了自己的现实判断和实践原则。

在谋求国家发展和民族振兴的过程中，知识群体将自己从传统的思想意识中解放出来，对自我有了全新的认知，他们不再是传统的知识分子，而是初具现代思想萌芽的现代知识分子。这是新型知识者的标志之一。

（二）近代报业的兴起

中国报业是随着知识分子的身份转换而产生的，具有深远的历史意义。报业的兴起在某种程度上使从经学体系中游离出来的知识者获得了真正意义上的集结——一个新的知识视界、新的知识组织及传播形式的建立和在此基础上的集结。报业为近代知识的传播和社会资源、思想资源的组织开辟了新的领域，它既是现代化全民总动员的载体和工具，也是一个民族现代性实践的标志。从文学发展的过程来看，报业为具有现代性的文学的诞生和成长提供了重要条件：一方面促使文学作者由古代士大夫转变成近代以稿费和版税为生、具有独立地位的知识分子，催生出一批真正具有独立思想的作家；另一方面，培养和造就了成千上万的文学读者，使文学呈现出多元的状态。古典文学具有阶级性，平民百姓没有机会阅读、创作文学作品。而现代传媒，如报纸、杂志等，出于对商业利益的考虑，要适应人民休息和娱乐的阅读需求。例如，刊登大量具有通俗性的连载小说，关心人民的诉求，帮助他们解决问题。报业的发展促使文学读物形式通俗化，情调趣味化，内容世俗化。这类文学决定着通俗文学的走向。中国古典文学以诗文为中心，到戊戌变法以前开始转变为以小说、戏剧为中心，这一方面是由于维新派人士的倡导，另一方面同近代报纸、出版业等传媒的推动有很大关系。

（三）学会的涌现

资料显示，以成立于 1895 年 11 月的北京强学会为开端，在此后 3 年间成立的学会有 60～70 个，分布于 12 个省份的约 30 个城市。据不完全统计，1899 到 1911 年间，各种公开的学会有 600 余个。这些学会为中国输入了具有近代性质的知识组织形式，讲求新知，倡导教育，开启了近代知识界的新的实践领域，包括兴办学堂、创立图书馆、购置科学仪器、出版学报和书籍等。

以上三个方面表明中国近代知识界的形成是中国现代文学产生的重要条件之一。

二、白话的兴起

中国现代文学以白话为媒介，以"国语的文学，文学的国语"为指归。白话是近代以来一系列话语实践的生成之物。在中国近代社会文化和知识语境中，白话并不是确定的语言学实体，而是社会文化实践所要寻找和构建的目标和对象——一种普及教育、开启民智的工具，一个富国强民的良方。这个目标经过一系列的转换和过渡，最终落定在"白话"这个概念上。

最早提出"言文合一"主张的是黄遵宪。1887年，他完成了《日本国志》一书的著述，他自谓"曾述其意"的文字中有这样的话："若小说家言，更有直用方言以笔之于书者，则语言文字几几乎复合矣。余又乌知夫他日者不更变一文体，为适用于今、通行于俗者乎？嗟乎！欲令天下之农工商贾，妇女幼稚，皆能通文字之用，其不得不于此求一简易之法哉！"时隔一年，黄遵宪写信给严复，希望严复做两件事：第一为造新字，第二为变文体。他说："公以为文界无革命，弟以为无革命而有维新。"黄遵宪这种语言变革的思想，显然与当时广泛的社会变革要求密切相关。不过对他而言，这不仅仅是符合潮流的诉求，更重要的是出自切身的写作体验。虽然他的探索最终并没有走到放弃文言而改用白话的地步，但是使他有了新诗兴起所必需的前提性的觉悟——书面语变革。

极力主张采用白话文的还有裘廷梁，他认为"白话为维新之本"，提出了"崇白话而废文言"的口号，成为倡导"白话文运动"的先驱。1898年，他在《苏报》上发表了著名论文《论白话为维新之本》，正式举起了"崇白话而废文言"的大旗，也正式揭开了20世纪文言与白话之争的序幕。

1896年，梁启超在《论幼学》《沈氏音书序》等论文中引用了黄遵宪的观点，反复论述了"言文分离"之害与"言文合一"之益。梁启超的基本观点是：

"欲维新，欲开民智，必须言文合一。"梁启超创制了"新文体"，向白话文迈出了第一步。

1900 年，维新志士之一的陈荣衮在《知新报》上发表了《论报章宜改用浅说》一文，呼吁报章文字的通俗化。文中明确提出："大抵今日变法，以开民智为先，开民智莫如改革文言。不改文言，则四万九千九百万之人，日居于黑暗世界之中。"报章文字的通俗化，形成了不同于传统古文的报章文体，这是文体语言的一大变化。

总之，以上关于白话的观点和实践得到了许多人的认同，"崇白话、废文言"的宣传层出不穷，不仅在思想启蒙和推动革命方面发挥了重要作用，而且为中国现代文学的出现奠定了重要基础。

三、文学创作成就

在中国现代文学产生前，各类文体成绩高低不均。观念的变革不能将所有文体都直接转换为文学的实绩。在诗歌创作方面，该时期出现的"南社"诗歌团体的影响力最大；在戏剧创作方面，主要表现为"戏剧改良"。在这一时期，对文学现代化具有实际意义的是政论散文和小说。

"文界革命"催生了大量政论散文。甲午战争后，文体已有改变的趋势，以梁启超的《政论》为代表，他的文体浅近，间杂俚语，已与清代桐城派的古体大为不同。梁启超《新民说》的中心思想就是启蒙，就是提出批判改造中国的国民性，制造中国魂的问题。章太炎等的革命派散文，与梁启超的"新文体"散文一样，依赖现代传播媒介来宣传自己的主张。"变法维新"的对象从朝廷与当政者，到一般读书人。章太炎的国学造诣精深，是"有学问的革命家"。政论散文的代表作品还有孙中山的《革命成功全赖宣传主义》、邹容的《革命军》、陈天华的《警世钟》、秋瑾的《敬告中国二万万女同胞》。

辛亥革命后，散文卓然成家的还有章士钊。他对现代中国散文的贡献就是以西方的逻辑思路来组织思想材料。

本时期的小说不像散文那样有精神价值支撑，散文是精英知识分子的产物，主导小说趋向的是平民化市场，但那时未获启蒙的中国大众的需求难免不够高雅，小说内容严肃与游戏并存，后期倾向于以消遣游戏为主。

梁启超的小说界革命并没有带来纯文学的小说观念，只是理想化地提出了一些小说难以承担的社会使命。清朝末年，中华民族危机愈加深重，广大群众已对腐朽无能的清政府感到无望，具有改良思想的小说家纷纷通过小说抨击时弊，提出挽救国家的主张，人们把这一时期出现的小说称为"谴责小说"。《官场现形记》《二十年目睹之怪现状》《老残游记》等作品代表了这类小说的最高成就。

《官场现形记》的作者为李伯元，全书共五编 60 回，由许多独立成篇的短篇故事组成。书中描写了一群大大小小的封建官僚对帝国主义的卑躬屈膝，突出地反映了封建统治阶级与人民的矛盾。

《二十年目睹之怪现状》的作者为吴趼人，全书共 108 回。该小说采用第一人称的形式，以主人公"九死一生"的遭遇和见闻为线索，记录了许多社会上的怪现状。书中 200 多个小故事形象地反映了中法战争后 20 年间中国社会的种种丑恶现象。

《老残游记》的作者为刘鹗，全书共 20 回。该小说通过描写江湖医生老残在四处行医途中的所见、所闻、所为，反映了晚清黑暗、腐朽的社会现实。该小说在艺术上具有一定的特色，语言精练准确，形象鲜明生动，是当时同类小说中艺术成就最高的作品。

清末开始有文人翻译外国小说，因此西方小说的叙述方式对中国现代小说的创作产生了重要的影响。清末翻译小说中影响较大的主要有"周氏兄弟"（周树人、周作人）的《域外小说集》和林纾的翻译小说。

林纾，字琴南，号畏庐，福建闽县（今福州市）人，近代文学家、翻译家。他一生翻译欧美小说180多种，1 200多万字，世称"林译小说"。他翻译的小说中比较有影响力的是《巴黎茶花女遗事》和《黑奴吁天录》。

综上所述，虽然这一时期的文学创作取得了一些发展，但这十几年的文学还不能说是现代文学。"谴责小说"虽然已经是白话小说，但其格式仍然是旧的章回体。"新文体"已能相当自由地表达感情、描述时事，然而文字还是半文半白，并未完全做到他们主张的"言文合一"。至于诗歌，其形式也未受到触动，只是一种增添了新思想、新题材的旧诗词。梁启超等人的理论，从其观点到词汇，还保留着许多古文的特征。虽然一切都还处于"半新半旧"的状态，但是该时期的文学作品为现代文学的产生奠定了基础。

第二节　中国现代文学的
开端与发展

梁启超等人提倡的新民思想和文学观念上的改革，以及大量翻译小说的出现，为文学革命提供了思想和文化基础。1917年的文学革命标示着古典文学的结束、现代文学的起始。

一、新文化运动

新文化运动发生在维新变法和辛亥革命之后的 1915 年。辛亥革命后，国家形势越来越混乱，一批先进的知识分子开始寻求救国的新出路。以陈独秀为代表的一批知识分子将《青年杂志》更名为《新青年》，新文化运动从此拉开序幕，向西方学习成为不可阻挡的浪潮。

新文化运动的代表人物有陈独秀、李大钊、胡适、鲁迅、蔡元培等。在新文化运动初期，他们纷纷著文，批评旧社会和旧文化，在当时起到了开路先锋的作用。

新文化运动以民主与科学为口号，以提倡新道德、反对旧道德，提倡新文学、反对旧文学为旗帜，提出重新估定一切价值，以彻底地反封建为主要精神，极大地启发了人民的民族意识，为1917 年的文学革命和1919 年的五四运动奠定了思想基础。

新文化运动是一次伟大的思想解放运动。新文化运动广泛引进和吸收西方文化，抨击文化专制主义，倡导思想自由，促进了民众的觉醒，唤起了人们对国家政治事务的关心。新文化运动是一场全面的文化转型运动，它对中国的政治、思想、伦理观念、文学、艺术等方面产生了深刻的影响，但新文化运动认为中国的一切文化都是落后的，而西方的一切新文化都是先进的观点具有片面性。随着俄国十月革命的胜利，中国的进步知识分子不约而同地把眼光转向俄国，开始宣传马克思主义。

二、文学革命

（一）文学革命的兴起与发展

文学革命是新文化运动的一个组成部分，从对封建主义的批判转向对封建主义文学的攻击，使新文化运动演变成一场文学革命运动。

1917 年 1 月，胡适在《新青年》杂志上发表了《文学改良刍议》一文，该文章针对中国旧文学的种种弊端，提出了改良文学的八项主张。同年 2 月，陈独秀发表了《文学革命论》一文与之呼应。随后，一大批先进知识分子聚集到《新青年》编辑部工作。于是，一场以"反对旧文学、提倡新文学，反对文言文、提倡白话文"为主要内容的文学革命运动，以《新青年》杂志为主要阵地轰轰烈烈地开展起来，中国文学的演变与发展进入了一个崭新的时期。

胡适，原名胡洪骍，字适之，安徽绩溪人，现代思想家、文学家、哲学家，新文化运动和文学革命的主要倡导者和领导者之一。胡适在《文学改良刍议》中，提出了"文学改良，须从八事入手"的主张。"八事"，即"须言之有物，不摹仿古人，须讲求文法，不作无病之呻吟，务去滥调套语，不用典，不讲对仗，不避俗语俗字"。胡适从"八事"入手，集中指责旧文学的流弊，初步触及文学内容与形式、文学的社会功能、真实性与时代性等一系列"文学的根本问题"。《文学改良刍议》主张书面语要接近口头语，要求以白话文学为"正宗"。这篇文章是这场革命的第一篇宣言，奠定了胡适在文学革命中的发轫人地位。

高举文学革命大旗，表明更坚定的文学革命立场的人是陈独秀，他的《文学革命论》提出了著名的"三大主义"，即推倒雕琢的、阿谀的贵族文学，建设平易的、抒情的平民文学；推倒陈腐的、铺张的古典文学，建设新鲜的、立诚的写实文学；推倒迂晦的、艰涩的山林文学，建设明了的、通俗的社会文学。

这三大主义可以说是文学革命的理论纲领，其基本精神是打倒封建的旧文学，建设写实的新文学。同时，他把文学革命当作"开发文明"、改变"国民性"并借以"革新政治"的"利器"，认为"文学之为物"，有"其自身独立存在之价值"。这是对梁启超"工具"论的反驳，是向整个封建旧文学宣战，把晚清以来的文学改革运动推向了最高点。随后钱玄同、刘半农等人也相继响应，文学革命形成了一定的声势。

钱玄同，浙江吴兴人（今浙江湖州）。他早年留学日本，曾任北京大学、北京师范大学教授，参加了新文化运动，提倡文字改革，曾倡议并参加拟制汉语罗马字拼音方案，是我国著名的语言文字学家。和"五四"时期的其他文化名人相比，钱玄同的突出之处在于其激进的姿态和偏激的个性。他率先明确抨击"选学妖孽、桐城谬种"，并与刘半农合作"双簧戏"，给旧文学阵营以沉重的打击。

刘半农，名刘复，江苏江阴人。1917年5月，他在《新青年》上发表了《我之文学改良观》，这是一篇对文学革命的发展具有一定影响的文章。文中主张打破对旧文体的迷信，采用新式标点，从音韵学角度提出"破坏旧韵，重造新韵"的设想。这些主张、设想对新诗的创新和白话文形式的普及具有促进作用和指导意义。

1918年，为扩大《新青年》的影响，引起社会更广泛的关注，特别是对一些守旧派的思想进行全面批判，钱玄同和刘半农经过一番策划，决定以一反一正两种截然不同的观点写文章，引起争论，批驳那些腐朽落后的、反对新文化运动的顽固派。这一"双簧戏"引起了社会的广泛关注，产生了震动社会、扩大新文学的积极影响。

1918年，胡适创作《建设的文学革命论》，提出"国语的文学，文学的国语"，并以此为文学革命的宗旨，自觉地把白话文运动和国语运动结合起来，其意义超出了文学领域。

鲁迅在《新青年》上发表的《狂人日记》，胡适与《新青年》同仁的白话新诗尝试，《每周评论》《新潮》《星期评论》《少年中国》与京沪四大报纸副刊上的新文学创作等，标志着文学革命取得了全面胜利。

（二）文学革命论争

文学革命以抨击旧文学开道，必然要与守旧的文学思想和势力发生冲突和斗争。发生在 20 世纪 30 年代的文学论争主要体现在新文学的意识、语言与封建的、旧的文学传统之间的分歧与斗争。

首先是蔡元培对以林纾为代表的老牌守旧分子的批判。

近代翻译文学先驱林纾在引介西方文学方面卓有建树，但他的旧文学观念十分顽固，视文学革命为洪水猛兽。林纾通过《致蔡鹤卿书》指责新文化运动和文学革命，称新文化运动和文学革命"覆孔孟、铲常伦"。"若尽废古书，行用土语为文字，则都下引车卖浆之徒所操之语，按之皆有文法""凡京津之稗贩，均可用为教授矣"（《答大学堂校长蔡鹤卿太史书》）。

蔡元培（字鹤卿）在《答林琴南书》中，义正词严地予以驳斥，并宣称："循思想自由原则，取兼容并包主义。"林纾在上海的《新申报》上发表了两篇含沙射影的文言小说《荆生》与《妖梦》。新文化阵营对此予以反击，李大钊、鲁迅等人都通过发表文章谴责所谓的"国粹家"的历史倒退行为。

其次是与"学衡派"的论争，发生在 1922 年。"学衡派"是保守主义思潮的代表性流派，学衡派以融贯中西古今的文化思想，批评了新文化运动的激进行为。他们比较了中外文化后提出了一个宗旨，即"昌明国粹，融化新知"。虽然学衡派反对新文化运动和文学革命，思想倾向保守，但他们也击中了新文学倡导者的某些弱点和要害，如白话诗创作的简单化倾向，以及过多否定传统戏曲等情绪。鲁迅通过《估学衡》一文对学衡派进行反击，郁达夫、成仿吾、沈雁冰、邓中夏等也对守旧复古思潮进行了反击。

最后是和"甲寅派"的论争。1925 年，章士钊在《甲寅》上发表了《评新文学运动》等文，提倡"废弃白话""读经救国"等思想。新文化阵营对此进行了全力反击。

新文化阵营与保守派的几场论争，促进了文学革命的深入发展，保护了新文化运动和文学革命的成果，为新文学创作和理论建设的道路扫清了障碍。

特别需要强调的是，新文化阵营内部也发生了分化与斗争。十月革命后，马列主义成为新文化阵营的指导思想，《新青年》成为共产党的机关刊物。而胡适在 1923 年提出整理国故，背离了"五四"精神，后与《新青年》指导方针有分歧，退出文学革命阵营。

1919 年下半年起，全国白话文报刊风起云涌，有 400 种之多。到 1920 年，在白话取代僵化了的文言已成事实的情况下，北洋政府教育部终于承认白话为"国语"，通令国民学校采用，白话文运动取得全面胜利。"五四"文学革命开辟了中国文学史的新时代。

（三）文学革命的历史意义

文学革命标志着中国旧文学的终结与新文学的诞生，在中国文学发展的历史进程中具有划时代的里程碑意义。

首先，全面更新了文学观念。文学革命不仅否定了"文以载道""代圣贤立言""游戏消遣"等文学思想，而且否定了支撑这些学说的价值观念系统。文学革命确立的文学观念不是对旧模式的修补，而是新体系的建立。"五四"时期崛起的"人的文学""为人生""自我表现"等文学观，都属于民主、人道、自由的现代思想体系，都体现了现代人对文学的要求。在这些新的文学观念的引导下，中国的新文学重新调整了文学与上层建筑、文学与社会生活、文学与创作主体、民族文学与世界文学等一系列关系，从而推动了中国文学的整体变革。

其次，创作主体的精神解放。由于文学革命从整体上以现代意识取代了封建意识，高扬人本主义的大旗，故而大大突出了创作主体在新文学中的地位，使新文学家的世界观、人生观都发生了根本性的变化，固有的思想禁区被突破，思维空间大大拓展，将创作主体从封建教条的束缚中解放出来。"五四"时期的新文学家可以自由地抒发自己的思想情感，自由地选择创作题材，自由地确立自己的创作主题，自由地追求自己独特的创作风格，他们的人格能量和创造才情得到了极大的发挥，给中国文坛带来了青春活力。

再次，文体形式的历史变革。文学革命使汉语文学的文体形式发生了历史性的改变，现代白话文取代了文言文的正宗地位，形式自由多样的新诗取代了讲究对仗、平仄韵律、用典的旧诗，追求形散而神不散的现代散文取代了讲究起承转合的古文，话剧文学从无到有，小说的叙述视角、叙事结构发生了彻底的改变。这次中国文学文体形式的历史变革是自觉的，不是盲目的；是全面的，不是局部的。因此，文学革命不仅是文学创作主体的一次大解放，也是文体的弃旧更新。

最后，文学革命实现了与世界文学的全面对话。文学革命结束了中国文学的封闭状态，成为中国文学走向世界的开端。它带来了中国新文学家世界文学意识的觉醒，形成了中外文学碰撞交汇的发展格局，"五四"新文学在与世界文学交流的过程中产生和发展，在与世界文学的全面对话中获得了观照本民族生活的全新眼光，获得了艺术创造的精神营养和形式摹本，使中国文学真正汇入世界文学的大潮。

综上所述，文学革命带来了文学观念的变化：破除了文笔不分的传统观念，确立了严格意义上的文学观念；改变了仿古风气，发扬了求真精神，从审美内容到语言形式都大大接近生活和人民；文学改良人生，同时又具有自身的独立性；白话由边缘进据中心，成为文学"正宗"；新诗的创立、小说的革新、话剧的传入、美文的倡导，使文体得到大解放。

三、外来文艺思潮的影响

没有中国社会变革的内因就不会有文学革命。同样，没有外来文艺思潮影响的外因，也不会有文学革命。中国文学现代化的历史，与外来文艺思潮的影响不无关系。近代以来，中国文化之所以迫切地吸收西方文化，正是因为拥有2 000余年历史的中国传统文化迫切地需要改造，以崭新的文化面貌响应21世纪的召唤；正是由于近代中国社会自身的经济与政治条件变化，民族文化与民族心理才会发生变化；正是中国文化机体自身的需变、思变，才引来以西方文化为参照系，在中西文化的碰撞、冲突、对话中寻求自我的文化出路。

在文学革命初期，胡适和陈独秀直接从外国文学中得到启示，几乎所有文学革命的发起者和参加者都做过译介外国文学的工作，如鲁迅、刘半农、沈雁冰等人。在新文学初期理论建设阶段，胡适、周作人的成就最为突出。

胡适最突出、影响最大的理论建树是"白话文学论"和"历史的文学观念论"，这两者相辅相成，筑起胡适的文学思想（也是文学革命的指导思想）。他的理论建设侧重语言形式。1916年，胡适就在《胡适自述》一书中提出，文学的历史只是一部文字形式（工具）新陈代谢的历史，是"活文学"代替"死文学"的历史。工具僵化了，必然另换新的、活的，这就是"文学革命"。他还提出中国今日需要的文学革命是用白话替代古文的革命，是用"活"的工具替代"死"的工具的革命。胡适并不把文学形式的革命看作单纯的形式嬗变，而是看成整个社会价值和审美趣味的转变。因此，他将白话文运动视为文学革命最迫切、最实际的举措。循此思路，他提出改革旧文学的"八事"，其关键就是从语言形式，即"工具"的角度肯定白话文学，并以此作为摆脱旧文学、创建新文学的突破口。

在新文学的思想内容与方法上，胡适宣扬个性主义，主张采用写实主义，从而引发了在"五四"时期后一两年间的"问题小说"与"社会问题剧"的创作热潮。他还在《谈新诗》等著述中提出"诗体解放",认为新诗不仅要用白话,还应不拘格律,向自由诗发展。他自己就创作了新诗《尝试集》。

周作人是"五四"时期最有影响力的理论先导者和批评家,如果说胡适侧重从语言、形式方面为文学革命寻找突破口,那么周作人则更多地思考与探讨新文学的思想建设。

除上述提到的胡适和周作人外,李大钊在吸收外来文艺理论方面也用了不少心思。李大钊在《什么是新文学》一文中对历史唯物论的初步解释就是受了马克思主义理论和俄苏现实主义文学观点的影响。

四、新文学社团与流派

受各种文艺思潮与艺术方法影响的作家呈现出不同的创作倾向,相近者聚集成文学社团,创办能够体现自身追求的文艺刊物。1921—1923 年,全国共有大小文学社团 40 多个,文艺刊物 50 多种。1925 年,文学社团与相应的刊物已有 100 多个。众多文学社团与期刊标志着新文学已由少数先驱提倡转为群力建设。在各种文艺团体中,影响最大、最有代表性的是文学研究会和创造社。

文学研究会于 1921 年 1 月在北京成立,发起人有周作人、郑振铎、沈雁冰、王统照、许地山、孙伏园、叶圣陶等 12 人,他们把经过革新的《小说月报》作为会刊。文学研究会的宗旨是"研究介绍世界文学,整理中国旧文学,创造新文学"。周作人起草了《文学研究会宣言》,宣告将文艺当作高兴时的游戏或失意时的消遣的时代已经过去了,文学是一种工作,而且是一种对人生很重要的工作。这段宣言代表了他们共同的态度,即主张文学"为人生",注重文学的社会功利性,被看作"为人生而艺术"的一派,或现实主义的一派。

他们强调文学应反映现实，探讨人生问题并指导人生，因此他们被称为"为人生"派。他们除了努力创作，还重视翻译介绍俄国和东欧的弱小民族文学。文学研究会是 20 世纪 30 年代我国第一大规模的文学社团，是新文学现实主义的源头，为新文学的发展作出了巨大的贡献。

创造社于 1921 年 6 月在日本东京成立，最初的成员有郭沫若、张资平、郁达夫、成仿吾、田汉、穆木天等人，他们都是当时在日本留学的学生。他们先后创办《创造季刊》《创造周报》《创造月刊》《洪流》等十余种刊物。初期主张"为艺术而艺术"，强调文学必须忠实地表现作者"内心的要求"，推崇文学创作的"直觉"与"灵感"，比较重视文学的美感作用。他们的作品大都侧重自我表现，带有浓厚的抒情色彩，直抒胸臆和病态的心理描写成为他们表达内心矛盾和反抗现实情绪的主要形式。创造社在后期将重点转向了革命文学。

还有一些比较活跃的文学社团也有自己的特点与贡献，其中与文学研究会倾向相近的有语丝社、未名社、莽原社等，与创造社倾向相近的有南国社、弥洒社、浅草-沉钟社等。

自身特色鲜明的社团有湖畔诗社。1922 年 3 月成立于杭州的湖畔诗社，以爱情诗闻名，成员包括应修人、潘漠华、冯雪峰、汪静等四人。1922 年 4 月，湖畔诗社出版了他们的诗歌合集《湖畔》。他们被称为"真正专心致志作情诗的人"。

新月社是一个影响力较大的文学社团，于 1923 年由胡适、陈西滢、徐志摩、闻一多、梁实秋等人在北京发起，他们多系英美留学生。新月社最初以聚餐会的形式活动，后来发展成新月俱乐部。1928 年以前的新月诗派提倡新格律诗，因此又被称为"新格律诗派"。在诗歌创作上卓有建树的诗人有徐志摩、闻一多、朱湘、饶孟侃、孙大雨等。

　　总之，"五四"时期后的大小文学社团有各种创作方法和风格，以现实主义、浪漫主义为主，唯美主义、表现主义、颓废主义、新感觉派、象征派为辅，共同组成了气象万千的新文学。

第四章 中国现代文学的
奠基人——鲁迅

在中国现代作家中，鲁迅是影响力最大的一位。在当代中国，鲁迅的名字几乎是家喻户晓。对于当代中国人来说，鲁迅已经不仅仅是一位作家、思想家，更是中国现代乃至当代文化的一部分。

第一节 鲁迅的生平及其对
现代文学的影响

一、鲁迅生平

鲁迅，生于 1881 年 9 月 25 日，卒于 1936 年 10 月 19 日（终年 55 岁），浙江绍兴人，原名周树人，字豫才。他在发表白话小说《狂人日记》时，以"鲁迅"作为笔名，与其胞弟周作人以"周氏兄弟"闻名于"五四"时期。

鲁迅出生于没落的封建士大夫家庭，7 岁入读本宅私塾，12 岁入读三味书屋，接受了良好的传统文化教育，但其反叛传统的思想也随之萌发。鲁迅 18 岁到南京求学，先进入了政府在洋务运动中开办的江南水师学堂，半年后又进入了矿路学堂。在这个时期，鲁迅接触了宣传变法维新的《时务报》以及西方的科学和文艺书籍，读到了严复译述的托马斯·亨利·赫胥黎的《天演论》，受到了达尔文"进化论"思想的影响，从而激发出变革图强的决心。1902年，鲁迅到日本学医，因受到"幻灯片"事件的影响，遂"弃医从文"，立志改变人的精神。鲁迅在日本留学期间开始了文学活动，与许寿裳、周作人等人筹办了《新生》杂志，但未成功；又与周作人将他们翻译的许多外国短篇小说合编为两册《域外小说集》。这是中国现代第一次系统地介绍世界被压迫民族的文学，对鲁迅后来的文学创作产生了深远的影响。与此同时，鲁迅开始介绍西方的哲学、文学思想，先后发表了《人之历史》《科学史教篇》《文化偏至论》《摩罗诗力说》等论文，阐述了他对文学的见解，并逐渐形成了自己独立的思想，提出了"立人"思想。这是鲁迅与同时代思想家的重要区别。

1909年，鲁迅回国，先后在浙江杭州、绍兴任教，讲授化学、生物学等课程。1911年，辛亥革命爆发，鲁迅完成了以辛亥革命为背景的第一篇文言文小说——《怀旧》，从此开始了他的文学创作生涯。但辛亥革命的失败，引起了鲁迅极大的愤怒和失望，他曾一度沉默，沉没于古籍。他在绍兴会馆抄古书、校古籍。也正是这段沉寂期，在思想上、学识上为其投身"五四"文学革命奠定了基础。

1917年，当风行一时的《新青年》杂志发起"文学革命"时，鲁迅从长期的沉默和思索中走出，投身于新文化运动和新文学的建设之中。

1918年5月，鲁迅在《新青年》上发表了在现代文学史上具有划时代意义的第一篇白话小说《狂人日记》，奠定了新文化运动的基石，成为"五四"新文化运动的主将。

1927—1935年，鲁迅《故事新编》中的大部分作品和《而已集》《三闲集》《二心集》《南腔北调集》《伪自由书》《准风月谈》《花边文学》《且介亭杂文》等杂文集。

二、鲁迅对现代文学的影响

鲁迅把毕生的心血都献给了中国现代文学事业。鲁迅多样的现代文学创作形式和深刻的思想，将中国现代文学推到了高峰，其作品是中国 20 世纪最宝贵的文化财富之一。鲁迅对中国现代文学的贡献比任何作家都要丰富和深邃。

（一）开创了现代文学的多种样式，并将其推向典范的高度

鲁迅的小说数量不多，共有三部短篇小说集——《呐喊》《彷徨》和《故事新编》。从文字数量来看，鲁迅的小说创作数量抵不过现在的高产作家半年的创作数量，但《呐喊》《彷徨》无论是从"表现的深切"还是从"格式的特别"上，均成为后世作家在现代短篇小说创作领域无法超越的典范之作。《故事新编》从中国历史和神话传说中选材，"依据古籍容纳现代"，成为中国现代历史小说的开山之作。

杂文是鲁迅奉献给中国现代文学的一种新形式，也是鲁迅对古今中外所有可用于现代中国语境的文章形式的创造性综合，是鲁迅思想之全面体现的依托。散文诗集《野草》和散文集《朝花夕拾》分别为中国现代散文提供了两种独特的表现形式。《野草》的风格与写作姿态可用"独语"来概括，《朝花夕拾》则开创了现代散文创作潮流中的"闲话风"散文风格。

（二）在文学创作的同时，并没有中断文学活动

1928 年，鲁迅主编《语丝》半月刊，并与郁达夫合编《奔流》月刊。1929年起，鲁迅与柔石等人组织了朝华社，编译了《近代世界短篇小说集》，出版了《朝花周刊》和《朝花旬刊》等。1930 年中国左翼作家联盟成立时，鲁迅列名发起人，并参加了"左联"的领导工作。在这一时期，他先后编辑了

《萌芽》《前哨》《十字街头》等刊物，并参与了《文学》和《太白》的编辑工作。鲁迅还翻译了大量外国进步文学作品，介绍了国内外著名的绘画、木刻，搜集、研究、整理了大量的古典文学，编著了《中国小说史略》《汉文学史纲要》等书。

（三）毫不妥协的现实战斗精神和现代反抗意识，是现代文学最宝贵的思想

"敢于直面惨淡的人生，敢于正视淋漓的鲜血"，是鲁迅不畏强暴，不逊牺牲的最真实写照，也是他为中国文学贡献的最宝贵的精神。他以杂文为武器，为文学运动的发展作出了巨大的贡献。

20世纪40年代，毛泽东在《新民主主义论》中，将这种精神内涵具体化："二十年来，这个文化新军的锋芒所向，从思想到形式（文字等），无不起了极大的革命。其声势之浩大，威力之猛烈，简直是所向无敌的。其动员之广大，超过中国任何历史时代。而鲁迅，就是这个文化新军的最伟大和最英勇的旗手。鲁迅是中国文化革命的主将，他不但是伟大的文学家，而且是伟大的思想家和伟大的革命家。鲁迅的骨头是最硬的，他没有丝毫的奴颜和媚骨，这是殖民地和半殖民地人民最宝贵的性格。鲁迅是在文化战线上，代表全民族的大多数，向着敌人冲锋陷阵的最正确、最勇敢、最坚决、最忠实、最热忱的空前的民族英雄。鲁迅的方向，就是中华民族新文化的方向。"毛泽东对鲁迅的这段评价，是对鲁迅"毫不妥协的现实战斗精神和现代反抗意识"的最好佐证。

1936年10月19日，在鲁迅去世的时候，有很多人自发地为他送葬。他的遗体上覆盖着一面大旗，上面写着三个大字——"民族魂"。

第二节　小说创作

鲁迅创作的小说数量不多，而且限于短篇。鲁迅共完成了三部小说集：两部现实题材作品集《呐喊》《彷徨》，一部历史题材作品集《故事新编》。

一、文学知识描述

1918 年 5 月，《新青年》第四卷第五号发布了鲁迅的《狂人日记》，这是中国现代文学史上第一篇成功的白话小说。这篇小说以其表现的深切和格式的特别引起了巨大的反响，成为中国现代小说的开端，开辟了我国文学发展的新时代，中国文学由此真正跨入现代。严家炎先生说："中国现代小说在鲁迅手中开始，又在鲁迅手中成熟，这在历史上是一种并不多见的现象。"

发表了《狂人日记》后，鲁迅在 1918 年到 1922 年间连续创作了 15 篇小说，并于 1923 年 8 月将这些小说编为短篇小说集《呐喊》（1930 年 1 月第 13 次印刷时抽出了其中的《不周山》）。1924 年到 1925 年共创作了 11 篇小说，并于 1926 年 8 月将这些小说编为短篇小说集《彷徨》。可以说，《呐喊》与《彷徨》是中国现代小说的成熟之作。

《呐喊》《彷徨》基本上是循着《狂人日记》的表现形式和格式而创作的。鲁迅小说的取材，多来自病态社会中的不幸人群，意在揭示病苦，引起人们的注意。小说主要表现了辛亥革命前后中国社会各阶层的生活状况，既展现出国民的不幸生活，又揭示出其精神弱点，从而探索国民的出路，表现出彻底的反封建意识。

鲁迅的目光深沉地注视着两类人群——农民和知识分子。鲁迅对国民不幸的关注不在于其外在的生活情况，而是深入个体内心。他指出只有揭出其病苦，才能改变其灵魂。鲁迅在对农民灵魂深处的病态的探索过程中，深刻地意识到中国封建统治势力的强大。鲁迅不仅仅以人道主义的同情，还以平等友善、感同身受的真诚态度来反映农民疾苦；不仅仅从"社会-政治"的视角，还从民族文化的深处揭示了封建宗法思想对农民的严重毒害，清醒而沉痛地表现并批评了农民和其他小生产者自身愚昧、狭隘等弱点。鲁迅是中国现代文学史中第一个把农民命运和精神弱点同改造国民性、寻求社会出路结合起来的作家，显示了其独特的眼光和历史感。

《阿 Q 正传》堪称这方面的代表作。《阿 Q 正传》是鲁迅经过多年潜心研究国民弱点和"病根"的最突出和最深刻的艺术体现，阿 Q 的形象成为探索国民灵魂的永恒话题，其他如《药》《风波》《故乡》等作品也是如此。

《故乡》中的少年闰土与中年闰土形成巨大的反差，从"老爷"声中显示出闰土的精神麻木。《祝福》中的祥林嫂丧夫失子后供人取笑的情节也显示出她的愚昧。

鲁迅深沉的目光还凝聚在知识分子身上。鲁迅笔下的知识分子形象有两种类型——传统知识分子和现代知识分子。传统知识分子以赵太爷、鲁四老爷、七大人等为代表，属于在科举制度考试中胜出、爬上统治地位的传统知识分子形象，他们自觉地维护传统伦理道德，性格核心是"冷酷""残忍"；封建卫道士形象以四铭、高老夫子等封建知识分子为代表，他们自觉地维护封建伦理道德，虽然外表正经，但是内心龌龊，性格核心是"虚伪"。这两类人是鲁迅批判的对象。还有深受科举制度毒害的下层知识分子形象，以孔乙己、《白光》中的陈士成为代表，他们属于被封建科举制度抛弃，在社会上找不到自身位置的人，是科举制度和封建等级观念的牺牲品，性格核心是"迂腐"。鲁迅倾注最多艺术心血、用心最苦、最着力描写的是现代知识分子，他们是在中国民主革命中彷徨、苦闷地寻找道路与求索的知识分子，具有一定的现代意识，最先觉醒，又在前进道路上败退，是带有浓重的悲剧色彩的人物。《在酒楼上》的吕纬甫、《孤独者》中的魏连殳、《伤逝》中的涓生及子君都吸收过新思想，最后仍在社会的现实面前败下阵来。鲁迅既充分肯定了他们的历史进步作用，又揭示出黑暗旧势力的强大造成了他们的心灵痛苦和自身的精神危机。

《呐喊》《彷徨》不仅在思想上表现得深切，在格式上也非常特别。鲁迅真正完成了从中国古典小说到现代小说的转变，是中国现代小说的奠基人。

《呐喊》和《彷徨》在艺术上实现了多方面的成功创造。首先，鲁迅善于塑造典型环境中的典型人物，用丰富的人物形象来揭示生活本质和人性缺憾，把中国传统情节小说提升到性格小说。鲁迅在塑造人物时，力求用最省俭的办法直接刻画出人物的灵魂。例如，《祝福》中对祥林嫂的三次描写就抓住了人在精神表现上最关键的一面，写出了祥林嫂不断下坠的精神状态。即使是次要人物，鲁迅也能通过简单的几笔尽传精神，如《风波》中的七斤嫂、《明天》中的王九、《故乡》中的豆腐西施等。白描手法也是鲁迅刻画人物时常用的手法，去粉饰、少造作、勿卖弄，观察精到、语言贴切，只用几笔就勾勒出人物的精神状态。例如，鲁迅在《故乡》中就借助了细节描写清晰地勾勒出中年闰土被生活压榨得麻木呆板，全无少年天真灵性的精神状态。

其次，鲁迅被誉为中国文学史上罕见的卓越的文体家，他的小说创造性地融合了许多具有生命力的语言要素与修辞手段。他的小说有的采用描写叙述话语，如《祝福》；有的采用戏剧性人物对话，如《在酒楼上》全部采用对话体；有的采用大量散文乃至诗的语言，如《伤逝》中涓生在子君走后的内心忏悔独白；还有的采用哲理性的语言，如《故乡》的结尾"希望是本无所谓有，无所谓无的。这正如地上的路：其实地上本没有路，走的人多了，也便成了路"。此外，鲁迅也常用到反语，如《风波》中描写赵七爷的话语。

最后，在艺术表现形式上，鲁迅更注重创新与多样化。在创作手法上，吸取多种创作方法，具有现实主义、现实主义与象征主义结合等特色，使中国传统小说从注重人物外在行为描写，转向对人物内心世界的探索。在创作风格上，如白描、抒情、讽刺等，多种多样。在创作形式上，鲁迅更无愧于"创造新形式的先锋"之名，他的小说有日记体、手记体、传记体、倒叙体、对话体等。总之，鲁迅在现代小说艺术形式上的创造，既有中国传统小说的影响和启示，又借鉴了外国小说形式。正如鲁迅所说："没有冲破一切传统思想和手法的闯将，中国是不会有真的新文艺的。"因此，可以说鲁迅的《呐喊》和《彷徨》正是继承传统与冲破传统的统一。

《故事新编》在取材和写作手法上都不同于《呐喊》和《彷徨》，是鲁迅以远古神话和历史传说为题材创作的短篇小说集，其中包括他在不同时期所写的 8 篇作品。《补天》《奔月》《铸剑》是其前期作品，创作于 1922 年到 1926 年。《理水》《采薇》《出关》《非攻》《起死》是其后期作品，创作于 1934 年到 1935 年。

这些作品的语言秉承鲁迅的一贯文风——幽默风趣、婉而多讽。故事的内容来源于历史，通过"一点因由"，经过"随意点染"，展现了一幅绝妙奇趣的画卷。《故事新编》是一部关于中国的大寓言，是中国现代历史小说的开山之作，也是这类小说中的杰作。

二、鲁迅代表作品赏析

（一）《狂人日记》

文学革命开始时，鲁迅正在北京的绍兴会馆抄古碑文，对传统文化有许多心得，他应《新青年》同仁之邀开始写作小说，而《狂人日记》就是鲁迅在这一时期发表的第一篇小说。该小说直接地表达了鲁迅积压了多时的对传统的愤懑，也最能体现他对传统文化的态度。最突出的表现就是通过狂人之口，说出了封建社会的本质，把封建社会的文明比喻为"吃人的筵席"，把封建社会比喻为"安排人肉筵席的厨房"。能说出当时人们想说而不敢说，甚至连想都不敢想的话，这种人也只能是"狂人"。这篇小说是"五四"新文学的"总序"，体现了彻底的反封建精神。

首先，该小说揭露了封建家族制度和礼教"吃人"的本质。该小说以第一人称的口吻叙述了一个"狂人"的故事。他害怕所有人的眼光，总觉得人们想害他，想吃掉他。医生给他看病，让他"静养"，他便认为是让他养肥可以多吃肉。他记得大哥曾对他讲过"易子而食""寝皮食肉"之事，然后他又想起妹子死时，大哥劝母亲不要哭，他便认为妹子是被大哥吃了。"狂人"越反抗"吃人"，越被认为是"疯子"，当他完全失望于改造周围环境时，他也"痊愈"了。

该小说从现实到历史，又从历史回到现实，引出了一个让所有中国人都震撼的发现："'我'翻开历史一查，这历史没有年代，歪歪斜斜的每页上都写着'仁义道德'几个字。我横竖睡不着，仔细看了半夜，才从字缝里看出字来，满本都写着两个字是'吃人'！"

文中的人物都是吃人团伙中的一员：赵贵翁、路人、孩子、打儿子的女人、狼子村的佃户……他们都十分怪异，似乎要把"我"生吞活剥。无可置疑，他们都是"吃人"的人，而"我"的亲哥哥竟也参与其中。到头来，"我"也未必没有"吃过人"。

《狂人日记》不仅是"五四"新文学彻底反封建的战斗"宣言"，也是鲁迅此后小说创作的"总序言"。

其次，该小说充满了尖锐而深刻的理性批判精神，既表现了鲁迅"忧愤深广"、志在改造社会和人生的革命人道主义情怀，又表现了他强烈的反叛和变革精神。小说结尾的"救救孩子"意味深长。

最后，小说在形式上冲破了传统主义的表现手法，大胆地采用了现实主义和象征主义相结合的手法。实写人物，虚写寓意。由狂人的视野揭示了过去封建礼教"吃人"的本质，通过对一个妄想症患者的精神状态和心理活动的描写，揭露了从社会到家庭的"吃人"现象，抨击了封建家庭制度和礼教"吃人"的本质。该小说成功地塑造了丰富复杂、意蕴深厚的狂人形象。狂人是一个既有现实性又有象征性的艺术形象，是对封建宗法制度和礼教"吃人"本质的揭露，让人们透过病态看到狂人所有的某种民主主义、人道主义思想，激起读者的共鸣和同情。狂人言行中包含的真理和正义，具有神奇的暗示性，能够引起人们的联想，不仅揭示了礼教"吃人"的本质，也暗示了反传统力量的萌芽。在传统势力支配下的反常社会中，那些首先说出了历史真理的先驱者往往被视为反常，甚至被污蔑为狂人和疯子。鲁迅通过描写狂人的举动，暗示人们去注意现实中革新力量的生长。

小说的日记体形式和对现代白话的成功运用，以及其中比喻、象征、双关等修辞艺术，体现出了茅盾对鲁迅小说的一个重要评价："在中国新文坛上，鲁迅君常常是创造'新形式'的先锋。"

（二）《阿 Q 正传》

《阿 Q 正传》于 1921 年 12 月 4 日至 1922 年 2 月 12 日连载于北京《晨报副刊》的"开心话"栏目，每周或隔周刊登一次，署名"巴人"，1923 年 8 月编入《呐喊》。《阿 Q 正传》全文共 9 章，是鲁迅唯一的一篇中篇小说，也是一部为鲁迅和中国现代文学赢来世界声誉的不朽之作。

小说以辛亥革命前后的江南小镇——未庄为背景，通过对阿 Q 的姓名、籍贯、行状和经历的考察、描摹，反映了阿 Q 受压迫、受剥削、受愚弄的社会地位和悲惨命运。

小说中的阿 Q 和未庄的贫苦农民，虽然有改变自身生活处境的渴望，但他们愚昧、麻木。小说揭示了这个历史阶段中国人典型的精神面貌，犹如一段中国人的心灵史，说明了改造国民性的重要性。

阿 Q 是不幸的。小说中首先交代他没有属于自己的土地，连一间栖身的房屋也没有，长年住在土谷祠。他没有固定的工作，靠给人家做短工、帮工来维持生活，"割麦便割麦，舂米便舂米，撑船便撑船"。更可悲的是他连基本的人身权利也没有，他想姓赵，赵老太爷嫌他的身份玷污本家，用一个巴掌剥夺了他的姓氏权；他想生儿育女，在"恋爱悲剧"后，他唯一御寒的棉被、最后一件布衫、一顶破毡帽也被赵太爷和地保敲诈走了，进而丧失了做短工、帮工的生存机会；他想革命，可是他却做了革命的枉死鬼。

同时，阿 Q 也深受封建思想毒害和侵蚀，带有小生产者保守狭隘的落后思想。他的姓氏选择、他的恋爱悲剧、他的言行和处事标准都参照了一些封建伦理道德观念。他有很多"圣经贤传"的思想，如严于"男女之大防"等；他守旧，对钱大少爷剪辫子的行为深恶痛绝，称其为"假洋鬼子"。阿 Q 失去了做人的资格，注定悲剧一生。

这种落后、不觉悟，最突出地表现在他对革命的态度和认识上，鲁迅在《〈阿 Q 正传〉的成因》中谈到阿 Q 是否真的要做革命党时说："据我的意思，中国倘不革命，阿 Q 便不做，既然革命，就会做的。我的阿 Q 的运命，也只能如此，人格也恐怕并不是两个。"阿 Q 的革命，是其性格复杂性的表现，也是其性格发展的必然结果。在封建思想的毒害下，他虽然对造反"深恶而痛绝"，但是当赵太爷等统治者对革命感到恐慌时，他又开始"神往"革命，甚至想要投身于革命。这说明他对革命的认识是十分幼稚、糊涂、错误的。阿 Q 的革命是"想拿点东西式"的革命。

阿 Q 思想性格的核心就是精神胜利法。精神胜利法的特征是在现实生活中处于失败和屈辱之中，但在精神上永远优胜、满足。具体表现如下：

第一，逃避现实，妄自尊大。他不敢正视现实，常以健忘来解脱自己的痛苦。他又妄自尊大，进了几回城就瞧不起未庄人，又因城里人与未庄生活习惯不符而鄙视城里人。

第二，自轻自贱，化丑陋为荣耀。他被别人打了，就承认自己是虫豸，并且立即从中挑出"第一"来获取心理平衡和满足。

第三，健忘，自欺自骗。他挨了假洋鬼子的哭丧棒后，使用了"忘却"这一"法宝"，很快地就将屈辱抛诸脑后。由于在争斗中总是失败，他便改变策略，采取"怒目主义"，以求得精神上的胜利。谁要说"亮起来了"，他便以"你还不配……"作为还击和报复，并因此觉得自己的癞头疮也是一种"高尚的、光荣的癞头疮"。

第四，畏强凌弱，忌讳缺点。他身上有着畏强凌弱的卑怯和势利，当受到比他强的人的凌辱后，他不敢反抗，转而将屈辱转嫁给比他弱小的人，去欺负小尼姑。他忌讳缺点，由于他头上有几处癞头疮，他便有了许多的忌讳，"讳说'癞'以及一切近于'赖'的音；后来推而广之，'光'也讳；'亮'也讳，再后来，连'灯''烛'都讳了"。

总之，精神胜利法是阿 Q 在屡屡遭受屈辱和挫折后，依然能够笑对明天的无往而不利的"法宝"。"精神胜利法"作为一种主观唯心主义的思想特征，通常是那些需要胜利而又无法取得胜利的人，用以维持精神平衡的"骗术"，常常表现在正走向没落的统治阶级的精神状态中。中国农民具有这种精神的原因有三：一是封建统治阶级的残酷压迫。中国农民从一次次造反的失败中，错误地得出了造反没有出路的结论，而不造反又无法忍受现实和痛苦生活，只好寻求精神上的安慰，或求佛拜神，或寄希望于来世。二是自然经济的闭塞环境。中国农民长期生活在小国寡民、自给自足的环境中，稍有满足便夜郎自大、盲目排外。三是封建家长制的家庭生活。封建社会中的中国农民社会地位低贱，但在家庭中却具有至高无上的尊严，越是在外面受辱受压，就越是在家庭中称王称霸。"精神胜利法"作为弱势群体的一种精神特征，不仅揭示出了中国国民性的病根，而且揭示出了人类的共同特征。

阿 Q 是一个具有世界意义的艺术典型，具有广泛的社会意义和超越时代的思想价值。一方面，以阿Q为代表的那个时代的中国国民在社会动荡时期的种种变化，在更深层面和更广泛的意义上，进一步揭示了国民性的缺陷和弊端。鲁迅通过阿Q画出了那个时代"国民的魂灵"，暴露了国民性的弱点，反映了那个时代的历史的、社会的"病状"。另一方面，作为精神弱点的精神胜利法涉及普遍的人性弱点和心理特点，具有超越时代和民族的意义与价值。不同时代、不同民族、不同层次的读者从不同的角度、侧面去接近它，会有自己的发现与体会，从而构成一部"阿Q接受史"，这个历史过程不会终结。近年来，人们开始对阿Q性格的人类学内涵展开探讨，并作出了另一种分析：阿Q作为一个"个体生命"，几乎面临人的一切生存困难，从这个意义来说，精神胜利法的选择几乎是无可非议的。

第三节 《野草》与《朝花夕拾》

鲁迅不仅创作了现代小说《呐喊》《彷徨》《故事新编》，也开拓了现代散文的创作领域，他创作的《野草》和《朝花夕拾》，为现代散文的创作提供了两种创作潮流和传统，即"独语体"散文和"闲话风"散文。

一、文学知识描述

《野草》是鲁迅著作中最为别致的一部散文集，也是中国现代文学史上第一部散文诗集，创作于1924年到1926年间，共有24篇（包括一首打油诗和一出诗剧）。《野草》使用了"独语体"创作，"独语体"的命名源自何其芳的《独语》，鲁迅将其称为"自言自语"，即不需要听者，是作者的自言自语。只有排除了听者，才能真正进入自己的灵魂深处，捕捉自我微妙的、难以言传的感觉、情绪、心理以及意识，进行更深层次的思考。《野草》从第一篇《秋夜》到最后一篇《题辞》，以诗的语言记录了特定时期鲁迅最"黑暗"的思想以及最"悲凉"的人生体验，展示了一个与现实理性世界相对立的潜意识世界，集中体现了鲁迅的人生哲学。早在 20 世纪 40 年代初就有学者指出，《野草》是鲁迅先生为自己而写的书，是理解他的钥匙，是他的思想发展全过程中的一个重要枢纽。鲁迅也对朋友坦言过他的哲学都在《野草》中，但同时他也说，不希望青年人读他的《野草》。

《野草》是从"孤独的个体"的存在体验中升华出来的鲁迅哲学，是我们接近鲁迅个人生命的最好途径，是窥见鲁迅灵魂的最好窗口。

《野草》中有许多心灵自白性的作品，它们解剖内心的虚无思想情绪，抒写希望与绝望的矛盾，展示与孤独心境搏斗的告白，构成了《野草》中鲁迅作为一个孤军奋战的启蒙思想家的丰富、深邃的精神世界。《野草》从问世起，从普通读者到学界研究者几乎都一致地认为这是现代文学中一部非常难读懂的作品。

西方象征主义等现代主义写作方法的运用是隔绝读者进入鲁迅内心世界的重要因素，使原本清晰的指向变得朦胧，但与此同时也留给了读者多重的思考空间。《野草》中的作品，并不都是象征主义的作品，但就其大多数以及整体艺术追求来讲，它是一部运用象征主义方法创造的杰作。把整个诗集作为一个整体来看，象征主义方法主要通过以下几种形式体现：第一，通过象征性的自然景物的意象和氛围，构成象征的世界，暗示作者的思想和情绪，如《秋夜》《雪》《腊叶》等；第二，通过编造幻想中的真实与想象纠缠的故事，构成象征的世界，传达自己的思想或哲学，如《求乞者》《复仇》《复仇（其二）》《好的故事》《过客》等；第三，用非常荒诞的、在现实中不可能发生或存在的故事，传达或暗示自己的旨意，如《影的告别》《死火》《狗的驳诘》《失掉的好地狱》《墓碣文》《死后》等。《野草》中多为最后一类作品，有的文章表现得过分怪异和晦涩，因此非常难读懂。

总之，《野草》外在的优雅和精巧的结构，蕴藏着鲁迅无限而隽永的人生体验和哲理思考，会随着时间的流逝而历久弥新。鲁迅自觉而不留痕迹地借鉴西方散文诗的艺术方法，吸收中国寓言或象征短小散文传统的营养，不仅使他的《野草》成为中国现代散文诗的开山之作，也使它成为迄今为止现代象征主义散文诗领域的一座无法超越的高峰。

《朝花夕拾》是一部回忆性散文集，描述了鲁迅从童年到壮年时期的生活片段，带有明显的自传色彩，是了解少年鲁迅和鲁迅思想、生平的珍贵资料。

《朝花夕拾》创作于 1926 年 2 月至 11 月间，共 10 篇。鲁迅说，《朝花夕拾》"是从记忆中抄出来"的，因此《朝花夕拾》在最初发表时，总题为"旧事重提"。散文集中既描写了鲁迅对童年生活的回忆和对师友诚挚的怀念，也真实地描写了戊戌变法和辛亥革命前后他所经历的种种生活——从农村到城镇，从家庭到社会，从中国到日本。每一篇都生动地反映了那个时代社会生活的一角。

《朝花夕拾》中大部分的篇章都写出了儿童特有的天真之气，有一种充满人情味的美好动人的力量，也展现出鲁迅不为人知的温情、平和的一面。同时，《朝花夕拾》也描写了旧制度、旧礼教对人性的摧残与戕害，从而形成了一种批判的风格。

《朝花夕拾》在艺术上最突出的贡献就是开创了现代散文创作潮流的"闲话风"散文风格。散文的风格自然、亲切、和谐、宽松，有一种"谈闲天"式的氛围。"闲话"一方面是"任心而谈"，带着一点幽默和随性，"在纷扰中寻出一点闲静来"，显出从容、余裕的风姿。另一方面也可称为"漫笔"，有题材上的漫无边际、行文结构上的兴之所至的随意。"闲话"还表现了一种追求"原生味"的语言趣味，更好地发挥了文学"沟通心灵"的功能。

二、代表作品赏析

散文诗《过客》更像是一幕诗剧。鲁迅曾说，"过客"形象在他心里已酝酿十余年，蕴含着鲁迅自辛亥革命以来对生命经历所积蓄的最痛苦、最冷峻的人生哲学的思考，凝聚了鲁迅自己和许多启蒙者最辉煌的精神特征。

过客对自己的来路、去向、姓名一概不知，他唯一要做的便是走。过客向老翁打听前面的去路，老翁说"前面是坟"，姑娘却赶忙否定"不是的，那里是许多野百合、野蔷薇"。过客答道："我知道那里是有许多野百合、野蔷薇，不过那里是坟。"这个场景正如鲁迅在《野草·题辞》中所述的："我憎恶这野草装饰的地面。"野草和花朵都是地面的装饰，地面是那充满罪恶的社会，鲁迅和过客一样，清醒地意识到花草只是华美的外皮，而真正的罪恶被掩盖了。过客尽管知道前途的艰险，但仍然决定走下去，因为他要逃离原来的世界，就如《故乡》中的"我"决心离开家乡，走"没有人走过的路"一样。过客正打算走"世界上本没有的路"，身体力行地实现"我"的宏愿，摒弃旧传统，开拓新道路。这正是鲁迅在黑暗中对人民的期望，对开拓者的等待。

过客在充满黑暗与荆棘的道路上长途跋涉，疲惫不堪却困顿倔强，他自生命开始，就与旧的世界决裂，永恒地寻求新的世界。他走了许多路，"脚早已走破了，有许多伤，流了许多血"，他在极度的劳顿中，来到了一个可以憩息的地方，他可以在这个地方停下来，不再前行。但他对旧世界的决绝态度与对理想的执着追求，让他毅然拒绝了老翁让他"回转去"的善意劝告。

《过客》的价值不在于它的最终结果，而在于它寻求探索人生道路的过程。全文诗意盎然的对话被安排在构思巧妙而完整的结构中。

散文诗是外来的艺术形式，伴随着文学革命的深入发展而传入中国。鲁迅是中国最早写散文诗的作者之一，早在 1919 年，他就以"神飞"为笔名，在孙伏园主编的《国民公报》的"新文艺"栏目中，发表了总题为《自言自语》的 7 篇散文诗。其中的《我的兄弟》就是《野草》中《风筝》的雏形。散文诗是"散文和诗的结合，即保持散文的骨骼，适当吸收诗歌在语言运用和意象创造上的手法，既具有散文的从容、畅达，又具有诗的深邃、凝练"。

《野草》中的语言显示了鲁迅与中国传统文学的联系。他的"炼字"是基于汉语"言词的本根"。《野草》中大部分的篇章都是朗朗上口、具有内在韵律的诗行。诗的语言言尽而意永，一句、一段、一篇终了，仍有弦外之音、意外之情，把散文的抒情特点及诗的意韵发挥到了极致。

第四节　杂文创作

在鲁迅的全部创作中，倾注他大部分生命和心血的是杂文。他的名字也与杂文紧密联系在一起，鲁迅在为《且介亭杂文二集》写"后记"时，曾总结他的杂文写作历程："我从在《新青年》上写随感录起，到写这集子里的最末一篇止，共历十八年，单是杂感，约有八十万字。后九年中的所写，比前九年多两倍；而这后九年中，近三年所写的字数，等于前六年。"

鲁迅一生共出版杂文集 16 部，生前结集有《坟》《热风》《华盖集》《华盖集续编》《而已集》《三闲集》《二心集》《南腔北调集》《伪自由书》《准风月谈》《花边文学》《且介亭杂文》《且介亭杂文二集》和《且介亭杂文末编》，《集外集拾遗》《集外集拾遗补编》是他离世后由许广平编订而成的。

一、文学知识描述

从鲁迅在《新青年》随感录专栏开始发表杂文到其生命的最后终结，杂文一直与他相伴。他创作的杂文记录下了他的思想和创作的发展轨迹。

随感录时期，鲁迅与陈独秀、钱玄同和周作人等一起创作，鲁迅这一时期的作品全部收在《热风》集中，文章表达了广泛而深刻的社会批评和文化批评。此时，鲁迅已经表现出"五四"时期少有而以后也不常见的中年人的成熟、深沉和睿智，正如张定璜在《鲁迅先生》中所说："它已经不是那可歌可泣的青年时代的感伤的奔放，乃是舟子在人生的航海里饱尝了忧患之后的叹息，发出来非常之微，同时发出来的地方非常之深。"

1925—1929 年，鲁迅由北京到厦门，再到广州，最后定居上海。生活动荡，人的思想也极为纷杂。"两间余一卒，荷戟独彷徨"是这时期鲁迅心态最真实的写照，其处境的艰难使他不仅要面对新旧两种势力，还要在批判别人的同时无情地解剖自己。此时鲁迅的杂文所体现出的广度和深度，以及笔法上的变化，是对自我的一种突破。

1930—1934 年，鲁迅结束了与革命文学阵营的冲突，但左翼文学的身份，使他继续与超然现实之外的各种文学流派进行论争，与国民党政府的"民族主义文学"进行不屈不挠的抗争，批评"国民劣根性"。这一时期，鲁迅的杂文创作达到高峰，进入全盛期。

1934—1936 年，此阶段是鲁迅杂文创作的后期，这一时期他不仅更加注重在思想表达上充实杂文内容，还注重杂文新样式的探索。纵观鲁迅杂文创作的发展过程可以发现，鲁迅的杂文创作已不仅仅局限在创作本身，更是对文学创作的一种超越。

杂文这种文体古已有之，指诗、赋、赞、颂、箴以外的其他文体。我国文学史上第一个提出"杂文"这个概念，并把它当作一种独立文体的人，是南朝梁文学理论批评家刘勰。但是中国现代杂文却是"萌芽于文学革命以至思想革命"的"五四"新文化运动的产物，是鲁迅独创的新文体，也是鲁迅对中国现代散文文体作出的重大贡献之一，它的兴起、发展和繁荣与鲁迅分不开。

　　杂文有狭义、广义之分。狭义的杂文指现代散文中以议论和批评为主而又具有文学意味的一种文体。杂文在内容上集中指向"社会批判和文明批判"，它的内在精神就是贯穿于鲁迅整个文学活动中的现实战斗精神和现代反抗意识。广义的杂文内在精神不变，体现出作者的独立意志与自由思想，但更强调外在形式，可以指中国现代一切白话文的总和。"凡有文章，倘若分类，都有类可归，将各种文体都'杂'在一起。"从这一角度来说，"杂"是就体裁形式而言的。鲁迅的杂文形式有 18 种之多：有思想札记，如《杂忆》；有狙击文，如《不见信》；有政论，如《友邦惊诧论》；有长篇驳论，如《丧家的资本家的乏走狗》；有对日记体的改造，如《马上日记》；有书信，如《答徐懋庸并关于抗日统一战线问题》；有报刊文章简论，如《立此存照》；有跋文，如《准风月谈后记》；有精致小品，如《夜颂》；有书评赞论，如《尘影》题辞；有讲演录，如《娜拉走后怎样》；有文告启示，如《在上海的鲁迅启事》；有碑铭，如《镰田诚一墓记》。总之，鲁迅的杂文与他不同时期的小说、诗歌、戏剧，取材命意和写法都有密切联系，从而构成了浩大严谨的著作体系，杂文是这个体系的灵魂。

二、鲁迅杂文评析

　　鲁迅的杂文中蕴含着他严肃、崇高而执着的思想追求和精神追求，批判和揭露中国国民的劣根性及其产生的社会历史根源构成了鲁迅杂文的根本主题。

　　首先，社会批评和文化批评是鲁迅杂文最主要的表达。这种批评，正如他

自己所说的那样："是在对于有害的事物，立刻给以反响或抗争，是感应的神经，是攻守的手足。"（《且介亭杂文序言》）

其次，鲁迅的杂文是中国现代国民的文化心理、行为准则、价值取向，以及民性、民情、民俗、民魂的"人史"。鲁迅杂文从中华民族历史形成的文化心理结构入手，挖掘无处不在的奴役关系的根源，涉及中国社会不同的人，有农民、妇女、儿童、现代知识分子以及无具体年龄、性别、阶级特征的一般中国人。

鲁迅的杂文的另一主题是祈求现代人性的诞生，剔除奴性，呼唤人性的复归，这也是鲁迅杂文的最终意义所在。要摆脱奴性就必须改变自身的精神状态，树立命运由自己来掌握的信念。从一开始，鲁迅就深怀忧虑："忧我国民'太特别'，忧中国人要从'世界人'中挤出去，忧中国人不能自立于世界民族之林。"（《热风·三十六》）鲁迅的一生都立足寻觅、构建精神健全的国民，竭力表扬"中国人"从古到今都不缺乏的"埋头苦干""拼命硬干"的精神。

鲁迅的杂文在艺术上具有独特智慧，善于从现实人生的一切问题入手展开，不做抽象悬空的说理。具体表现为以下三个方面：

第一，寓深刻的思想于形象的表达，理性与感性的统一，达到了思想家的卓识和文学家才华的统一。鲁迅将其深刻抽象的思想变成具体可看的生动形象，使其行文避免枯燥乏味的说理，用生动、活泼的形象征服读者。例如，"落水狗""叭儿狗""资本家的乏走狗""细腰蜂"等形象，已经具有广泛而深刻的社会内容，耐人寻味；又如《准风月谈·二丑艺术》中的"二丑"形象，惟妙惟肖地反映出20世纪30年代某些知识分子的处世态度。"二丑"也叫"二花脸"，他们不同于小丑，小丑一般指装扮横行无忌的花花公子，或是一味仗势欺人的家丁，二丑扮演的是保护公子的拳师或趋奉公子的清客，"有点上等人模样，也懂些琴棋书画，也来得行令猜谜，但倚靠的是权门，凌蔑的是百姓，有谁被压迫了，他就来冷笑几声，有谁被陷害了，他又去吓唬一下，吆喝几声"。

他们又是变色龙似的"风派"角色："大抵一面又回过脸来，向台下的看客指出他公子的缺点，摇着头装起鬼脸道：你看这家伙，这可要倒楣哩！"

第二，将深刻的理性思考融于强烈的感情表达中，产生一种内在心灵的亲和力和震撼力，鲁迅个人的心灵勇气和现实战斗精神在他的杂文中得到了充分的体现。鲁迅杂文确是由某一外在客观人事引发的，但它所关注与表现的却是作者自己的主观反应。出现在鲁迅杂文里的人和事，亦不再具有纯粹的客观性，而是一种在过滤、折射过程中发生了变异（甚至变了形）的主观化的、主客一体的新的融合。读者能够通过杂文里的描述与抒写，看到活生生的鲁迅。"夜正长，路也正长，我不如忘却，不说的好罢。但我知道，即使不是我，将来总会有人记起他们，再说他们的时候的……"（《为了忘却的记念》）。

第三，鲁迅杂文有浓厚的幽默讽刺特色。鲁迅常用反语、暗示、排比、夸张等手法描写人物形象，引人发笑，真可谓"嬉笑怒骂，皆成文章"。鲁迅用反语、夸张等手法，亦庄亦谐，三言两语就能刻画出论敌的"鬼脸"，并且语言充满幽默感。他采用比喻、暗示、对比等手法，突出事物的内在矛盾，含不尽之意于言外，讽刺之辛辣呼之欲出。

总之，杂文创作渗透到了鲁迅创作的方方面面，在他的小说、散文、新旧诗的写作中，都能找到杂文的影子，杂文是鲁迅这位精神界战士在思想、文化领域进行战斗的重要文学形式，杂文也因鲁迅而进入文学殿堂。

第五章 中国现代文学的
表现形式

19世纪中期以后，西方文学从理性主义转型为现代主义，现实主义的文学势力开始衰退，代之而起的是现代主义文学潮流。19世纪末20世纪初，西方现代主义文学思潮已经产生了广泛的影响，并被引进中国，深刻影响了现代主义文学的发展态势，对中国的诗歌、小说、戏剧等的创作产生了极为深远的影响。本章将对中国现代主义文学思潮的基本特点、现代主义诗歌的创作、现代主义小说的创作、现代主义戏剧的创作进行研究。

第一节 中国现代主义文学
思潮的基本特点

时代的力量和文学的发展在一定程度上促成了现代主义文学思潮在中国的传播，并对新文学运动的进一步深化起到了重要的潜在影响。然而，应当指出的是，现代主义文学思潮在中国"五四"时期产生并发挥了作用。因此，它必然不同于西方现代主义的一些定性规定，具有自己的民族时代特征。这一特征可以从以下三个方面进行总结和分析：

第一，中国现代主义文学思潮不仅仅表现在从现实中揭示荒诞，更着重于荒诞中显示现实的力量。竭尽全力、淋漓尽致地暴露现实生活中不合理、不正常的现象，用荒诞、变形、扭曲的形象来表达作者的愤懑和排斥，这是西方现代派的一个重要特征。不论是弗兰兹·卡夫卡的《变形记》，还是塞缪尔·贝克特的《等待戈多》，都对病态的社会进行了深刻的揭示，引起了读者和观众的强烈共鸣。中国现代主义文学作品也显示了这一特征，如废名的小说对社会中畸形的人和事进行了悲剧性的描绘，给人以可叹复可悲的感受。他的长篇小说《莫须有先生传》是一部典型的现代派作品。他在第一章《开场白》中直露地指出："历史都是假的，除了名字；小说都是真的，除了名字。"言简意赅，道出了现代派作品的精髓。更为典型的荒诞作品当推《野草》中的《立论》。作者虚拟了梦境中的一段对话："我"向老师请教立论的方法，老师讲了一个故事。在为一家的男孩庆祝满月的宴会上，有人说这孩子将来要做官，于是收获一番恭维；有人说这孩子将来要发财，于是得到一片感激；有人说这孩子将来要死的，得到的是一顿痛打。说谎的得好报，说真话的必然遭打，这就是当今的世道人心，因此立论不易。"我"说：既不说谎，又不遭打，老师，你说该怎么办？老师说：那就只有说："啊哈！这孩子呵，你瞧！……"用极其荒唐的故事引出十分深刻的人生哲理，这正是现代派的目标。

但是，在中国新文学这一类具有荒诞色彩的作品中，我们似乎还可以感受到一种对人类的信念、对社会的希冀，而绝不仅仅是悲叹和失望。就拿《立论》来说，通过调侃的嘲讽语调，夸张的喜剧笔触，读者看到的不仅是荒诞、可笑，还有人心的力量和现实的希望。因为不论老师还是学生，均对这种不正常的现实表示了厌恶、反感和不愿合流的情绪，从而给人以振奋和警示。这正是现实赋予中国现代主义文学的鼓舞和激励的作用。

第二，中国现代主义文学思潮不仅在希望中感到绝望，更在绝望中追寻希望。如果说，荒诞是现代派对现实的看法，那么绝望就是他们对未来的观念。

西方相当一部分现代主义作家在思想上是悲观主义者、虚无主义者，所以人们往往称他们为"世纪末的产儿"。瑞典表现主义剧作家奥古斯特·斯特林堡在《梦的戏剧》中描写了这样一个场景：一个青年军官捧着鲜花准备举行婚礼，等了整整 50 年也未见新娘的影子。最后，当神的女儿打开大门时，发现里面空空荡荡，一无所有。"什么也不是，是虚无，是乌有。"这就是现代派作家对未来、对前途的感受的形象表现。中国现代主义文学所表现的对未来的态度与此有某种精神上的共鸣。现实的腐朽、丑恶使人们失去了对前途的信心，而希望的一再破灭造成了人们的绝望心理。经过一段坎坷、磨难，只剩下一副孱弱的躯壳，不过是给死穿上美丽的衣服而已。对于这种希望后的绝望，李金发在《有感》一诗中作了最形象的描绘："生命便是死神唇边的笑。"中国现代主义作家无一不提到死，提到坟墓，鲁迅在 1927 年出版的杂文集题名就为《坟》。但是，"坟"不仅意味着结束，也预示着新的开始——"一面是埋藏，一面也是留恋。"在绝望中探求新的希望，或者说，绝望本身也是希望的另一种表现形态，因为一无所有也就将从零开始。正如《野草》中《希望》一篇所昭示的："绝望之为虚妄，正与希望相同。"既然绝望也不过是一种人生的虚妄，这就暗示着另一种追求、另一种执着、另一种生活的希望在东方的地平线上升起。

第三，中国现代主义文学思潮不仅激烈地反传统，而且在反传统中消化传统，融会传统，创造新的传统。西方现代主义文学是以激烈的反传统的姿态崛起于文坛的，他们宣称要摒弃全部遗产和现存文化，甚至不惜把"文学"这个词的字母完全颠倒过来写，以示其彻底反传统的态度。但是，在中国新文学运动中，对这一现象却出现了纠正。现实主义文学思潮、浪漫主义文学思潮在 20 世纪 20 年代初涌现时都表示了对传统文化的反叛，对以"桐城妖孽""选学谬种"为代表的封建文学和文学观念大加挞伐，并因之而踏上文坛，令世人刮目。而 1925 年前后出现的现代主义文学思潮在对待传统的态度上，既有激烈反抗的一面，又有容忍开放的一面，表现出一种较为宏大的气度。

相反的两极却有同一泉源，这在艺术领域并非罕见。值得注意的是，中国现代主义倾向的作家并没有把西方现代派的一切都奉为圭臬，不敢越雷池一步，而是融合新机，自有特色，创造了一个新的艺术天地，显示出中国现代主义文学的活力和光彩。

但是，我们也能看到，作为一种文学思潮，现代主义毕竟没有现实主义、浪漫主义那样声势烜赫、影响久远。从理论形态上看，西方现实主义、浪漫主义的传播是集中的、整体性的、全方位的，而现代主义的影响则是分散的、渗透性的，没有形成一个较为系统的理论规范，也没有出现较有深度的理论著作。就创作形态上看，现实主义、浪漫主义都曾出现过一些典范作品和杰出作家，相对而言，现代主义范畴内的作家、作品既不纯净，也缺少知名度。因此，现代主义文学思潮与现实主义、浪漫主义文学思潮相比较，不仅在时间上迟了一步，而且在影响力上差了一大截，不是被遗忘，就是被误解——这就是它的命运。这不能不成为一种历史的遗憾，造成这一遗憾的原因还在于它生不逢时。1925年，当它出现时，中国还处于一个剧烈动荡的时代，社会的热点、文学的热点都自然而然地转移到革命、斗争、反抗的洪流中去。大革命为众望所归，茅盾、鲁迅去了，郭沫若、郁达夫去了，现代主义文学思潮生非其时，遭到冷落也是顺理成章的事情。但是更为深层的原因是，现代主义文学思潮是工业社会的产物。它表现的是现代人在现代社会中的情绪和心理，而中国社会则刚刚从传统的门槛跨出来，基本上还是一个封闭的农业国家。因此，现代主义虽从西方大量输入，却难以生根；虽五花八门，却如过眼烟云，在历史的册页上仅仅留下淡淡的印痕。但是，现代化毕竟是大势所趋，现代主义文学对现代人灵魂的深邃透视和精细刻画是其他文学难以企及的。所以，现代主义文学思潮尽管一再遭冷落、误解，甚至遭批判，但它依然存在，在中国文学现代化进程中不断崛起，不断深化。

第二节　现代主义诗歌的创作

在中国现代诗歌史上,现代诗派的诗歌创作产生了极其深远的影响。现代诗派出现于 20 世纪 30 年代,代表诗人有戴望舒、卞之琳、施蛰存、何其芳、废名、纪弦等。他们在进行诗歌创作时,反对直接抒情,而是积极追求朦胧美;反对格律化,大多不讲究诗歌形式的整齐和韵脚,而是以自由的形式和口语化的语言来表现情绪的节奏,从而创造了有着散文美的自由诗体;他们常常运用隐喻、象征、通感等手法将诗中表达的情绪意象化,从而将难以描述的、隐约的情绪转化成具体可感的东西。另外,他们的诗歌创作基调是低沉的,往往体现出虚无的、悲观的思想和情绪,表现出知识分子的复杂心情和内在痛苦。下面具体分析戴望舒、施蛰存和何其芳的诗歌创作。

一、戴望舒的现代主义诗歌创作

戴望舒,原名戴朝察,出身于浙江杭州一个银行职员家庭。1913 年,他开始读小学,毕业后进入宗文中学学习,并对文学产生了浓厚的兴趣。1923 年,中学毕业的戴望舒进入上海大学中国文学系学习,后因上海大学被封转入震旦大学的法文班学习。从 1926 年起,他和施蛰存等人积极从事革命文艺活动,既出版书刊,又发表诗歌,在社会上产生了一定的影响。1930 年 3 月,他经冯雪峰的介绍加入了"左联",之后出任《现代》杂志的主编。1932 年,戴望舒自费赴法国留学三年,后回国到了上海,与卞之琳、孙大雨、冯至等人共同创办了在中国新诗史上有着重要影响的诗歌刊物——《新诗》月刊。1934 年,他出版了诗集《望舒草》,这标志着他自此成为现代诗派的代表诗人。七七事变后，他辗转到了香港，先后任《星岛日报》文艺副刊《星座》、《华侨日报》的副刊《文艺周刊》、《香岛日报》的副刊《日曜文艺》的主编。抗战胜利后，戴望舒回到上海，在上海师范专科学校任教，兼任暨南大学教授。1948 年，他再赴香港，并出版了诗集《灾难的岁月》。1949 年 3 月，戴望舒回到了北京，担任新闻总署国际新闻局法文编辑。1950 年 2 月 25 日，戴望舒因严重的气喘病在北京逝世，终年 45 岁。

戴望舒创作了不少脍炙人口的名篇佳作，《雨巷》一诗是为他赢得声誉的最著名的作品。这首诗创作于 1927 年，诗中运用了西方象征主义诗歌的象征、暗示等手法，那阴霾淫雨下的"悠长又寂寥的雨巷"，象征了大革命失败后社会的政治氛围；抒情主人公"我"的"哀怨""彷徨"和"惆怅"，象征了大革命失败后一代青年忧伤、痛苦且抑郁的精神状态；而"丁香一样的结着愁怨的姑娘"，象征了诗人对美好理想的向往和不断追求。同时，诗人有意识地将象征主义手法与中国古典诗歌指涉香草美人的抒情传统相结合，从而营造出优美而精致的诗的意境。另外，这首诗歌也有着很强的音乐性，诗句随着诗人情绪的起伏变化而长短错落，再加上江阳韵一韵到底，不断重复主题性意象和短句，从而使全诗形成了复沓、回环的节奏，有着"余音绕梁"的韵味。因而，此诗被叶圣陶誉为开辟了新诗音节的新纪元。

《雨巷》受到当时读者普遍的欢迎和喜爱，即使在今天看来，它仍然是新诗中的精品。然而，对于这首被大众十分看好的诗，戴望舒在 20 世纪 30 年代初期编《望舒草》时却将其删去了。诗人曾发文对新诗的音乐成分进行否定。他针对新月派的三美要求，指出诗不能借重音乐，也不能借重绘画的长处。也许，他所不满意的也是卞之琳所批评的"浅易"和"浮泛"。这正如施蛰存所说："在《望舒草》中删掉了这首诗，标志着诗人已进入一个新的时代。""新的时代"的起点，便是他的那首《我底记忆》，该诗的写法与《雨巷》有很大的不同。从内容上看，虽然两者都写到情绪、心情，但是《雨巷》是通过雨巷、姑娘、丁香等一系列的意象来表现的，而《我底记忆》则更深一步，深入到诗人的内心深处，深入到记忆这个意识的层面。把意识层面的记忆作为诗歌的表现对象，说明诗人具有内视和内省意识。而现代主义诗歌的一个重要特点就是诗人具有自觉的内视和内省意识。

在现代派诗人中，戴望舒的诗是最为深沉的，这深沉源自他在现代生活中所感受的现代情绪。20世纪30年代的青年诗人原本是农村（或小城镇）中来到大都市寻求理想的"寻梦者"，他们感受着西方意识形态对传统文化的冲击，目睹了农业社会的逐步解体和工业文明的出现，体验着都市商品社会的沉沦与绝望，理想与现实的矛盾使他们回到了内心世界。因而，诗对戴望舒来说绝不仅仅是艺术的追求，还是一种对现实的逃避，是对受伤灵魂的抚慰和净化。

西方现代派诗人喜欢用知觉表现思想，或者说把思想还原为知觉，像闻到玫瑰香味那样感知思想。戴望舒的现代诗亦如此。例如，《古神祠前》这首诗旨在表达诗人对自由的热烈向往、执着追求和追求失败后忧愁的思想感情。诗人并没有空泛的议论，而是通过一系列的象征性意象来表情达意。追求自由的"思量"生出了翼翅，像蜉蝣飞上去了，像蝴蝶翩翩起舞；一会儿又化作云雀腾空而起，把清音撒在地上；一会儿又变成鹏鸟，慢慢地舒展开翅膀，准备万里翱翔。然而，由于古神祠阴森肃杀、暗无天日，在白色恐怖下，诗人的向往只能是前生和来世的逍遥游。尽管诗人长久地、固执地追求，但是现实的黑暗令人绝望，追求自由的思想又忧愁地蛰伏在诗人心头。"思量"本来是人类的一种抽象的思维活动，它既无形，又无声。可是在诗人的妙笔下，读者看到了它的翩翩舞姿，听到了它的清音，失望之后还会忧愁地蛰伏。把看不见、摸不着的一种理念幻化为具体可感的形象，充分表现了诗人极度渴望自由的心情。诗人通过思想知觉化的方式，构成了虚实间的一种微妙联结，在感觉的宇宙里寻求诗意的体验，从而显示出现代派诗人高人一筹的艺术知觉灵敏度。

戴望舒早年的诗作多写爱情的苦闷和个人的忧愁，抗战爆发后，其诗风发生了深刻的变化，他开始关注国家民族的命运，在民族苦难中审视个人的不幸，诗中回荡着爱国主义的激情。这一时期的诗歌仍然以写实与象征方法相融合，形式上以半格律的自由体为主，如他在香港被日寇逮捕入狱后写的《狱中题壁》《我用残损的手掌》等诗，表现了爱国主义的深情，以及不屈的斗志。诗的艺术形式较为流畅自然、澄明可诵。

戴望舒的诗歌创作也形成了自身鲜明的艺术特色，具体来说体现在以下几个方面：

第一，戴望舒的诗歌善于运用知觉来表现思想和情绪，或者说善于将思想和情绪还原为知觉。例如，《自家悲怨》这首诗是诗人的述怀之作，抒发了其悲怨的思想情感。诗中，诗人将希望的破灭幻化为蜘蛛网被狂风吹破，悲怨的情绪犹如在大风中飘曳的"零丝残绪"。在这里，思想（希望）找到了蜘蛛网这一客观对应物，情绪（悲怨）找到了"零丝残绪"这一客观对应物，从而使虚无缥缈的思想和情绪具象化、事物化、外在化了。

第二，戴望舒的诗歌常常借助对比、暗示、烘托、联想等手法对自己的感受和内心世界进行刻画。这在《野宴》一诗中有着鲜明的体现。诗中，诗人描写了一场清爽迷人的野外宴会，表面看来表达了舒畅的心情、欢乐的胸襟和内心的奔放自由，实际上是用野宴来暗示女友施绛年置寄居在家里的男友于不顾，却跑到松江对岸去寻找野菊做伴，从而表明自己内心的无奈和悲伤。

总的来说，戴望舒以自己的诗歌创作实践找到了代替格律诗的诗歌形式，即以散文为特色的自由诗体，从而极大地促进了中国新诗的发展。

二、施蛰存的现代主义诗歌创作

施蛰存，浙江杭州人。1922 年，他在中学毕业后进入了之江大学学习，后转入上海大学学习，并在此期间开始了文学创作。1926 年，他又转入了震旦大学法文班学习，并发表了小说《春灯》《周夫人》等。1929 年，他在上海水沫书店任编辑，后于 1932 年起担任《现代》月刊的编辑，并积极进行诗歌创作。七七事变后，他先后在云南、福建、江苏、上海等地的多所大学任教。中华人民共和国成立后，他先是在上海华东师范大学任教，后转向文物考古研究。2003 年 11 月 19 日，施蛰存因病在上海逝世。

施蛰存与其他现代派诗人相比，有着明显的印象主义倾向，还常常用新奇的意象对瞬间抓住的印象和感觉进行表现，这在《银鱼》一诗中有着鲜明的体现。《银鱼》虽然只有短短的三节六行，却对印象主义的表现手法进行了广泛运用，并利用意象之间的相似特征，展开了出其不意的想象，营造了奇幻莫测的、广大的想象空间，含蓄曲折地传达出诗人微妙的失落、惋惜的心情。诗中第一节中的"横陈"一词用得十分贴切，既将菜市上摆放的银鱼的状态生动而形象地展示了出来，又不禁使人联想起旧式言情小说描述女子向男子献身的词语"玉体横陈"，从而使诗中带有了性的挑逗意味，为接下来描写"土耳其风的女浴场""柔白的床巾"做了重要铺垫。第二节中，"魅人的小眼睛从四面八方投过来"一句，将原本显得静止的意象变得极富动感，也将诗中原本凝重的氛围变得活跃起来。到了第三节时，诗人又将原本很有性挑逗意味的"土耳其风的女浴场"变换为"连心都要袒露出来了"的纯情的"初恋的少女"。但这样的转换，并不显得突兀和出人意料，反而具有了跌宕起伏之妙。

施蛰存的诗还常常通过生动的意象暗示、隐喻等手法将自己对生命的体验及诠释进行表现，并进一步表明了 20 世纪 30 年代的一代青年知识分子在内忧外患背景下的迷茫、彷徨、恐惧和忧伤。这在《桥洞》一诗中有着很好的体现。诗中描写的桥洞本是寻常之物，但诗人非说它是"神秘的东西"，并通过暗示、隐喻、象征等手法将作为客观物体的"桥洞"变为自己主观情感的对应物，进而将自己的内心世界形象地呈现了出来。在诗中，诗人将"桥洞"象征为人生的转折点或者说人生的驿站，将"水道"象征为人生的旅途。当人们通过"平静的水道"时，会感到十分庆幸与宽慰，而当"一个新的神秘的桥洞显现"时，人们便会感到不安，甚至恐惧。这形象地体现出人生的艰险和命运的不可把握。

三、何其芳的现代主义诗歌创作

何其芳是一位渴望着一些美丽的、温柔的东西的诗人，他的心理、情感以及美学的选择都偏向于中国古典的美人芳草，因此他的诗中充满了青春的感伤、冷艳的色彩和朦胧的意境。这在《预言》一诗中有着鲜明的体现。这首诗吟唱的是不幸的爱情。诗的开头，突兀地写出诗人的心跳。在恋爱之"女神"来临的美好境界中，诗人想象着女神生活的南方是如何美丽，月色与日光、春风与百花、燕子与白杨及如梦的歌声让诗人在恍惚的记忆和眷恋中感到温暖。神的人化和人的神化在想象世界中融合为一种关怀，诗人劝女神不要冒险前行，愿用"火光"的歌声向她倾诉，或与她同行，用"温存的手"和浓黑中的"眼睛"来给她以温暖与光亮。但是，诗人"激动的歌声"和痛苦的"颤抖"却没有打动女神的心。她"如预言中所说的无语而来，无语而去"，给诗人带来短暂的欢乐，也带来无限的怅惘。

在表现形式上，《预言》用了繁复的意象蕴含诗人乐中生悲的情绪，第四节中具象的"藤蟒"和抽象的"回声"等意象尤显诗人想象的生动与微妙。诗中以独白的口吻抒怀，暗示出诗人一厢情愿的热恋和由此带来的空虚。沉郁的语调和缓急相促的节奏与全诗的境界相谐，恰当地表现了诗人的失望与痛苦。

何其芳的诗还善于对青春的梦进行描绘，而且就算是描写青春少女的死亡，也会将其诗化，赋予一定的青春的凄美。例如，很有特色的《花环》一诗，这是一首悼念名叫"小玲玲"的少女的悼亡诗，但与一般的悼亡诗相比，更像是一首赞美诗。诗中没有流露出一丝的悲伤之情、悼惜之意，而是通篇以优美的意象和明快的语言对"小玲玲"进行了赞美，表现了她的外貌之美和内在之美的统一。另外，诗中将不幸认为是幸福的，将死亡认为是美丽的，可谓令人不可思议。但实际上，诗人这样写并不是要达到耸人听闻、令人惊讶的新奇效果，而是有着一定的深意：一是世界上所有美丽的东西都不可能是永恒的，都有一个产生、发展、衰落直至死亡的过程，因而若是在最美丽的时刻死去了，美丽便会变成永恒的，死亡也就成为美丽的了；二是少女"小玲玲"是那样的美丽和纯洁，但她却生活在一个腐败、污浊的社会中，她的死亡恰巧保住了她的纯洁，因而诗人对她的死亡进行了赞美。

第三节　现代主义小说的创作

20世纪30年代，在现实主义文学蓬勃发展的时候，中国出现了一个表现出明显的现代主义倾向的小说流派，即"新感觉派"，代表作家有刘呐鸥、穆时英、施蛰存。到了20世纪40年代，张爱玲的创作为现代主义小说的发展注入了更为新鲜的力量。本节将对刘呐鸥、穆时英、施蛰存和张爱玲的现代主义小说创作进行具体阐述。

一、刘呐鸥的现代主义小说创作

刘呐鸥，原名刘灿波，笔名洛生，台湾台南人。他从小生长于日本，毕业于日本庆应大学。回国后，1925 年在上海震旦大学法文特别班学习，和杜衡、施蛰存、戴望舒是同学，一起接受法国文学的影响。他是中国"新感觉派"小说的最早尝试者。1928 年，他翻译了日本作家片冈铁兵等人的小说合集《色情文化》，第一个将日本新感觉派介绍到中国。同年，他在《无轨列车》杂志上发表了意识流小说，并于 1930 年出版了短篇小说集《都市风景线》。《都市风景线》在运用新的形式、技巧方面的意义大于作品的思想意义。1939 年，刘呐鸥在上海被枪杀。

刘呐鸥的小说主要是运用现代主义的手法与技巧：一是善于运用跳跃式的结构，运用意识流的手法来表现都市快节奏的生活；二是重视描写都市现代人两性关系中"本我"的冲动；三是追求主观感觉印象的描写，表现作者所体验到的感性的"新现实"。

综观刘呐鸥的小说内容，存在着相当突出的颓废、悲观、色情的倾向。应该说，这与西方现代主义所推崇的思想倾向是有联系的。西方现代主义大都表现一种世纪末的悲观、绝望情绪。有的国外评论家把西方现代主义文学的思想特征概括为"绝望"二字，这的确说明了西方现代主义文学的某些本质特征。这种世纪末情绪不仅充斥于西方现代主义文学中，也导致一些现代派作家最终走上自杀的道路。日本新感觉主义兴起于日本 1920 年发生较大经济危机之后，特别是 1923 年的一次大地震，造成重大人员伤亡，使许多人陷入悲观的境地，于是走向颓废、享乐的人生之路。日本新感觉派的一些作品突出地表现了这种思想倾向。刘呐鸥从小生活在日本，比较明显地直接接受了这种思潮的影响。他的小说集《都市风景线》思想苍白，只是单一地向人们展示大都市资产阶级男女空虚、腐朽、堕落的生活，而且在描写时，他总是带着一种欣赏的心境在里头，这更是不可取的。当然，他也写过一两篇关于无产者反抗和斗争的作品，不乏暗示新兴阶级光明前景的向上思想。

二、穆时英的现代主义小说创作

穆时英出身于浙江省慈溪市的一个银行家家庭，笔名伐扬、匿名子等。他1912 年就读于上海光华大学中文系，在校期间即在《新文艺》上发表《咱们的世界》《黑旋风》等，被施蛰存推荐到《小说月报》发表的《南北极》，引起了文艺界的重视，从此成名。1932 年，穆时英的第一部小说集《南北极》出版，所收入的小说大多以闯荡江湖的流浪汉为主人公，反映了贫富两极的对立，特别引起左翼作家的关注和重视。1933 年，出版小说集《公墓》，内收《公墓》《上海的狐步舞》《夜》《夜总会里的五个人》《被当作消遣品的男子》《黑牡丹》《莲花落》。这部小说集的出版标志着穆时英创作的明显变化，即开始转向描写大都市现代人颓废失落的精神状态和畸形、变异的心理，逐渐形成了新感觉主义小说的特色。1934 年出版小说集《白金的女体塑像》，1935 年出版小说集《圣处女的感情》，长篇小说《中国行进》未能出版。1935 年与叶灵凤合编《文艺画报》。1937 年一度流亡香港。1939 年回到上海，担任汉奸政府创办的《中华日报》编辑，及《文汇报》（汉奸控制）社长。1940 年春，穆时英被暗杀身亡。下面对穆时英的《夜总会里的五个人》和《上海的狐步舞》进行分析。

《夜总会里的五个人》将五个人物聚集到周末的夜总会，展示了他们不同的命运。这五个人物分别是破产的金子大王胡均益、失去了青春的交际花黄黛茜、研究《哈姆雷特》的怀疑主义者季洁、失恋了的大学生郑萍、失业了的市政府职员缪宗旦。他们都是在与生活搏斗中跌撞下来的人物，有着无法排遣的颓败情绪。他们朝不保夕，带着各自不同的苦恼来到夜总会，企图在疯狂的音乐中寻求刺激、麻醉灵魂、发泄痛苦，直到天明。出门时，破产的胡均益开枪自杀，其余四人把他送进墓地。小说表现了现代人在都市快节奏变幻中不可把握的人生命运，反射出都市人生的"心理荒原"。

《上海的狐步舞》是穆时英新感觉主义小说的重要代表作。这篇小说摒弃了传统小说叙事集中化、中心化和封闭性的特点，采用的是开放式叙事结构，只是展示环境、渲染气氛、创造节奏和表达作者的主观感觉，将生活中的多个片段组接起来，以感觉支配"蒙太奇"式的叙事。比如，行路人突然被拦截暗杀，舞池中男女交互调情，饭店里有钱人赌博，巷口老妇人拉客，工人被砸断脊梁而死，坐黄包车的洋水兵不给钱……作者根据感觉的需要，将这些互不关联的画面自由、立体地组合在一起，描绘出来的是大都市繁华与恐怖、堕落与悲苦相生的病态生活残卷。这篇小说充分体现了新感觉派的艺术特征，由爵士乐、狐步舞和流动的色彩构成了现代都市畸形文明的节奏和旋律，作者用感性的表达方式，把自己的主观感觉注入所描写的客观对象之中，使对象生命化和个性化，从而真实地表达了作者颓唐的情绪、失落的心态以及混乱的价值观。

总之，穆时英的新感觉派小说开拓了中国现代主义文学的新领域，对具有变异心态的人物以及病态的都市社会进行描写，具有针砭现实、批判社会的意义。

三、施蛰存的现代主义小说创作

施蛰存是中国新感觉派小说创作成就最高的作家，20 世纪 30 年代是其创作的辉煌时期，《将军底头》《梅雨之夕》《善女人行品》这三部小说反映了作者这一时期的创作全貌。下面对《将军底头》和《梅雨之夕》进行分析。

《将军底头》以描写主人公花惊定"性爱与种族"冲突的基本主题，展现了灵魂真实的艺术魅力。身为大唐武官的花惊定，由于血管里流淌着祖父吐蕃人的血液，便对汉族和汉族士兵产生了本能的厌恶，于是萌发了背叛的念头，因而在他的意识中，反叛大唐与忠于吐蕃之间的矛盾冲突一直没有平息过，但当他偶然遇到了一位巴蜀美丽的汉族少女时，这位年轻的将军竟然"骤然感觉到了一次细胞底震动"，并"全身浸入似的被魅惑着了"。这种对爱欲的强烈追求，产生了无比"凶猛"的力量，他不仅严厉地将追逐少女的士兵斩首示众，而且消散了他反叛大唐的一切信念，并下意识地在少女居住的门前徘徊了七次，以致最后被吐蕃人砍掉了头颅，仍策马来到少女的身边，无首将军隔岸遥望。小说内容虽然荒诞不实，却揭示了将军灵魂深处固执的欲念，以及至死也无法摆脱的强悍力量。

《梅雨之夕》是一部以现代主义创作方法为主的专写现代题材的短篇小说，写"我"从公司下班，在梅雨天气中徒步回家。在店铺檐下避雨时，邂逅了一个没有带雨伞的美丽少女。"我"为她的姿色所动，但心存疑虑，不敢贸然用自己雨伞的一半去荫蔽她。久等没见雨止，终于同伞结伴上路。"我"又觉得她貌似自己在苏州时初恋的女子，诧异自己的奇遇，但是瞥见街边一个女子的忧郁眼光，又似乎看见在焦灼地等自己回家的妻子的忧郁脸色，问知这位少女姓刘，怀疑这是自己的初恋情人故意隐瞒姓氏，于是联想到日本画家《夜雨宫诣美人图》，联想到古人"担簦亲送绮罗人"的诗句，重温着初恋的清新感受。"我"最后才发现少女的嘴唇太厚，绝非初恋的女伴，感到被压抑的心境忽然松弛，连呼吸也觉得舒畅了，别了这少女上车，还在车上无意识地打着雨伞，回到家中听见妻子的声音，仿佛又是那少女的声音。这部小说情节不多，满纸都是内心独白，瞻顾之间，疑窦重重，在一种层层递进、往复回环的圆熟的心理描写中，传达了都市薄暮中一种蠢蠢欲动而又带有强烈的自我抑制性的梦幻美。

总之，施蛰存善于用弗洛伊德精神分析学去观察人物的深层心理，热衷于描写人物主观意识的流动，并揭示都市生活的急迫节奏对人物神经的严重冲击。他的艺术实践标志着西方现代派文学在我国文学园地再植生根，显示了独特的艺术风采。

四、张爱玲的现代主义小说创作

张爱玲，原名张煐，1920 年出生于上海公共租界的一个大家庭。张爱玲的家世显赫，祖父张佩纶是清末的名臣，祖母是李鸿章之女。她的父亲是遗少型的少爷，母亲是新式女性，因而两人的婚姻并不幸福，但这却成了张爱玲感悟世情、了解人性的必修课。1931 年，她进入上海圣玛利亚女校就读，并开始发表小说作品。1938 年，她考入英国伦敦大学，但因战事未能前往。1939 年秋，她改入香港大学文学系。1942 年，张爱玲回到上海，并坚持文学创作。1943 年，她发表了小说《沉香屑：第一炉香》，并因此引起了文坛的关注。此后，她一发而不可收，发表了《沉香屑：第二炉香》《心经》《封锁》《倾城之恋》《金锁记》《琉璃瓦》《花凋》《红玫瑰与白玫瑰》等小说以及一些散文作品。1952 年，她再次到了香港，并发表了《秧歌》和《赤地之恋》两部小说作品。1955 年，她去了美国，在坚持小说创作的同时进行戏剧写作。1995 年 9 月 8 日，张爱玲被人发现孤独地死于洛杉矶的家中。

张爱玲在中国现代文学史上的小说创作几乎都取材于家庭和婚恋题材，不涉及政治和重要的事件，这明显不同于当时文坛上对"国家""阶级"和"民族"表达的热衷。同时，她的小说创作底色是苍凉的，"旨在写出现代人虚伪中的真实、浮华中的朴素，表现不彻底的平凡人的苍凉人生"。《倾城之恋》和《金锁记》是张爱玲在中国现代文学史上最重要、最著名的两部小说作品。

《倾城之恋》的主人公白流苏是上海破落望族的一个离过婚的女人，到香港待价而沽，将自己巧妙地"推销"给了三十多岁的华侨富商、花花公子范柳原，决定用她的前途来下注。如果赌输了，她便会声名扫地；如果赌赢了，她可以得到众人虎视眈眈的目标人物范柳原，出净她胸中这一口恶气。于是，两人进入了真真假假的两性游戏，嘴上是美丽的甜言蜜语，双方却都在吸引、挑逗，无伤大体地攻守，谁也不认真。后来，两个人因抗日战争的爆发，在生死攸关时才得以真心相见，并许下了天长地久的诺言。战争结束后，两个人在报上登了结婚启事。可是从实质上来说，范柳原娶白流苏既不是因为爱情，也不是由于她的魅力，只是香港的陷落成全了她。这种倾城之恋的实质和传统理解的倾城之恋存在强烈反差，耐人寻味。

《金锁记》在一个古色古香的故事叙述中阐释了"金钱能使人的心灵扭曲"这一现代文化命题。小说的主人公曹七巧是麻油店老板的女儿，举止粗俗，爱耍小奸小坏，后因金钱嫁到姜家做了二奶奶。她的丈夫是一个患骨痨的病人，坐起来，脊梁骨直溜下去，实在没法拿他当了人看，这使得曹七巧被困在情欲之中。为了发泄自己的情欲，她挑逗风流倜傥的三爷姜季泽，可姜季泽对此无动于衷。后来，曹七巧以自己的青春和爱情为代价，分得了偌大一笔金钱，带着儿子长白、女儿长安租房另过。为了牢牢地将金钱掌握在手中，曹七巧变成了一个自虐和虐人的变态狂。她赶走了觊觎自己的金钱而想与自己重叙旧情的姜季泽；为了牢牢抓住她生命中唯一的一个男人，她教唆儿子长白吸鸦片，并在儿子娶妻后虐待儿媳，还常常把儿子留宿在自己的房里，弄得"丈夫不像个丈夫，婆婆也不像个婆婆"，最终将儿媳凌辱折磨致死，儿子则成了她替代的丈夫；阻碍女儿长安的婚姻，还哄她吸食鸦片，使长安终生未得到幸福。

张爱玲一方面受中国古典文学及传统文化的熏染，另一方面又较早地接受了西方现代文化的教育，这形成了她独特的文化素质。她的小说既有传统小说叙事的痕迹，又有现代派的味道，诸如注重写人物意识的流动，注意暗示与象征，善用联想，特别是对人物病态心理的描写与揭示等，都显示出这一特点。张爱玲具有清晰的时代感与精细的把握能力，甚至通过对衣饰与环境的描写，也能将时代与社会的变化生动具体地表现出来，它们本身已经成为一种有意味的形式，透露出浓浓的文化意蕴。

第四节　现代主义戏剧的创作

在中国现代主义文学思潮中，现代主义戏剧的发展并不十分繁荣，并且深受西方表现主义戏剧的影响。在早期，高长虹和白薇的戏剧创作具有一定的代表性，直到曹禺的《原野》问世，才使得现代主义戏剧的创作精神在中国得到了成功的实践。下面主要对曹禺和白薇的现代主义戏剧创作进行研究。

一、曹禺的现代主义戏剧创作

曹禺在《原野》（三幕剧）中将对人性的剖析进一步向心灵深处开掘，描写了一个在封建宗法思想影响下农民复仇者的心理悲剧。此剧在莽莽苍苍的原野上展开了仇、焦两家因历史仇恨而激发的冲突。戏剧正面表现的是八年后仇虎逃出牢狱来到焦家报一家两代之仇，冲突在仇虎与焦母之间展开。曹禺通过激烈的戏剧冲突，刻画了仇虎这个农民复仇者满蓄着仇恨与反抗力量的灵魂。焦母的暴戾、凶残、诡计多端，也被刻画得入木三分，极富个性特征。

剧本以内外两种冲突来塑造仇虎的形象。戏剧的外部冲突——仇虎为复仇而同焦母展开的冲突，表现出农民的反抗精神；人物的内心冲突——仇虎杀人前的矛盾，杀人后的恐惧、自责，进一步体现出悲剧的成因。两种冲突没有造成仇虎形象的前后隔离。仇虎复仇的对象是焦阎王，而之所以忍心下手杀死焦大星，就在于焦大星是焦阎王的儿子。不幸者的惨叫触动了人性的神经，仇虎奋起一击，没有触动黑暗统治势力本身，却使自己陷入了自责与痛苦，掉进了恐惧的心狱而不能自拔。焦母叫魂，夜里的鼓声使他神经错乱，愚昧、迷信将他的心推进幻觉引起的恐怖中。曹禺描写舞台上焦家的陈设，右面是黑暗统治者焦阎王的画像，左面则是供奉菩萨的神龛，象征黑暗世界的精神统治，同时孕育着愚昧和迷信。这是仇虎"心狱"中的魔鬼，导致他内心的悲剧性冲突。序幕中，他虽然敲掉了焦阎王给他戴上的镣铐，但无法挣脱精神镣铐的束缚，最后仍然回到十天前挣脱的镣铐面前。实际上，肉体与精神的两种镣铐他都没有挣脱。

在塑造仇虎形象的同时，剧本还成功地塑造了花金子与焦大星的形象。花金子与焦母针锋相对而又勉强自我克制，她满怀狂热的青春激情，对焦大星这个窝囊废既同情又厌恶，她风流、泼野，以女性的诱惑力吸引着仇虎，并将这种肉体的欲望升华为精神的爱恋。所有这些都与仇虎原始的激情互相呼应，并被表现得血肉丰满、富有魅力。焦大星也是曹禺长于描写的人物形象，这个善良人的懦弱无能，源于焦阎王夫妇的封建淫威与刚愎意志，他忧郁痛苦的灵魂也是由其父母的罪恶直接或间接铸成的。这个形象与《雷雨》中的周萍、《北京人》中的曾文清属同一类型。

在《原野》中，曹禺通过塑造仇虎这位因杀人而心灵分裂的悲剧英雄，完成了一次对人性潜在深度的探索。这是受到莎士比亚悲剧《马克白斯》的影响。第三幕对仇虎在森林中逃跑时的幻觉的描写，则是吸收了美国剧作家尤金·奥尼尔《琼斯皇》的表现主义艺术。《原野》与《琼斯皇》的戏剧情节有许多相似之处。正是由于借鉴了表现主义艺术手法，曹禺才别开生面地展示了仇虎的内心悲剧冲突，重现了他所遭受的种种不公，以及他在种种恐惧与幻觉的纠缠下拼命挣扎、苦斗的精神世界。总之，曹禺在现实主义中吸收了表现主义，成功地进行了一次艺术尝试。

二、白薇的现代主义戏剧创作

白薇，原名黄彰，出身于湖南资兴的破落地主家庭。其父黄达人曾参加同盟会，在日本留学期间及回到家乡初期思想激进，但在家族意识中，又有着浓厚的专制思想，为白薇指定婚事，在婚姻问题上让白薇饱受旧礼教的摧残与折磨，甚至导致了白薇一生的命运悲剧。但她并不遵循"女子无才便是德"的古训，从而使她获得了接受教育的机会。面对封建婚姻的枷锁，具有新思想与新精神的她勇敢地选择了反叛与抗争，为了寻求自我的独立生存与精神自由，她先赴上海，继而东渡日本。在日本，她历尽艰辛，后在郭沫若、田汉等人的影响下开始了文学创作，并成为中国现代文学史上最著名也最有成就的女戏剧作家。

1922 年，白薇在田汉、郭沫若等现代戏剧大师的影响下创作了第一个剧本《苏斐》，发表于当时影响巨大的文学刊物《小说月报》上。这个作品讲述的是苏斐、亚斐姐妹同恶少陈特之间的爱情与恩仇。陈特因得不到苏斐的爱，便暗害了苏斐的父亲和她的恋人华宁，还害死了亚斐和七姑，强占了他们的全部家产。万念俱灰的苏斐身陷太行，潜心宗教，想从中获得灵魂的安宁。此时，她与上山游玩的陈特相遇，未曾料到陈特淫邪不改，上前调戏。苏斐假意与其周旋，趁其酒醉之际欲复仇，但事到临头忽然放弃了这一举动，而用"无抵抗精神，感化这个罪囚"，结果双双皈依宗教。虽然白薇在这部作品中宣扬了宗教之爱的慈悲与博大，但在整个作品中我们可以敏锐地感受与体验到她怀着对爱的虔诚与膜拜之心来追求真正的爱情，但陈特的残忍、淫邪与卑劣不仅让爱情的美梦成为泡影，并且给命运带来了浓重的悲剧宿命。此剧末尾处的陡转虽与人物性格逻辑及整个作品的艺术逻辑不合，却折射出作者在面对人生苦难与人性罪恶之时，想寻求一种超越与解救的可能。虽有以空幻虚无之爱来化解世界苦痛的柔弱与幼稚之意，但可见作为女性作家的她对爱的虔诚与渴念。

真正为白薇带来文坛声誉的当属其创作的三幕诗剧《琳丽》。陈西滢在读完白薇的这部作品之后很是兴奋，对其中曲折的剧情、瑰丽的诗意、哀婉的情调与奇特的想象予以高度评价："我们突然发现了新文坛的一个明星。"赞美之情溢于言表。在《琳丽》中，女主人公琳丽热烈地爱上了艺术家琴澜，把人生的一切都丢弃了，认为"人生只有情才靠得住的，所以，我这回要特别执着我的爱，人生最深妙的美只存在两性之间"，"我只了为了爱而生的，不但我本身是爱，恐怕我死后，我冰冷的那块青石墓碑，也只是一团晶莹的爱，离开爱还有什么生命，离开爱能创造血和泪的艺术么！"但痴情女偏逢薄情郎，琴澜是一个"泛爱"论的践行者，他又爱上了琳丽的妹妹璃丽。在失恋的痛苦折磨下，琳丽决心追求知识和艺术，成为一个剧作家，去那心目中的殿堂——遥远的莫斯科追求新的生活。最后，她带着"骄爱"的矜持和人生的幻灭感，"周身佩着蔷薇花，死在泉水的池子里面"。如果说《苏斐》中还含有反对包办婚姻、追求爱情自由的内涵的话，那么在这个作品中，"爱情至上"的唯美主义倾向和"颓废""幻灭"成了主调。但戏剧在戏剧冲突上却是颇有意味的，那就是不再将剧情矛盾设置为追求自由爱情与封建礼教之间的冲突，而是赋予隐秘的心灵世界以动人的景观，专注于理想与现实的冲突、"灵"与"肉"的搏斗。如果说琳丽渴望的是圣洁理想的"爱"的话，那么琴澜则代表的是现世泛滥的"爱"，从其根本上来讲，则是"爱"在面对人性自身的欲望与贪婪时的悲剧与失落。可以说，我们虽然可以从缺乏现实性与生活深度等方面来对其进行批评，但她的作品在一种奇诡美幻的色彩下，对人性自身矛盾的揭示无疑更有着普遍与深远的意义。

第五节　现代主义散文的创作

现代散文的建立和发展同小说诗歌一样，"五四"时期散文成为一种独立的文学样式，实现了从古代形态向现代形态的转变。由于现代散文内涵丰富，因此本节主要研究现代美文、抒情散文、报告文学等。

一、现代散文的开端与发展

现代散文起始于《新青年》的"随感录"中的一些文艺性短论，主要是议论时政的杂感短论，统称杂文。它是现代文学中率先兴起的散文作品，为现代散文开辟了道路。

1918 年 4 月，《新青年》第四卷第四期，设立了"随感录"栏目，专门刊发杂文。杂文短小精悍，易于出手，多于报刊上应时刊发，杂文承担了社会批评与文明批评的任务，适合做社会批评的武器，成为最早显示白话文艺术特质的文体之一。此后有诸多报刊仿效《新青年》开设同类栏目，但最引人注目的还是《新青年》"随感录"作家群，他们大都是新文化运动的倡导者，有李大钊、陈独秀、刘半农、钱玄同、鲁迅、周作人等。其中，鲁迅的杂文最具有代表性，创作成就最高。这个作家群奠定了杂文在中国现代散文史上的地位。

1924 年 10 月，《晨报副刊》编辑孙伏园因受新月派排挤而辞职。1924 年 11 月，其在周氏兄弟支持下创办《语丝》周刊。他从 1924 年年底到 1930 年年初，历时 5 年多时间，以《语丝》周刊为依托，围绕着鲁迅和周作人，在语丝社的旗号下聚集了一批后来在文学史上赫赫有名的作家和学者。语丝社倡导"文明批评"与"社会批评"，继承了《新青年》批判旧思想、旧文化、旧道德和鞭挞社会丑恶与黑暗的精神传统。鲁迅和周作人是语丝派的核心作家，而林语堂是仅次于鲁迅与周作人的语丝撰稿人，又是提倡幽默小品的散文家之一。他的《剪拂集》多以嘲讽之笔进行社会批评和文明批评，讽刺的外壳中包裹着幽默。

语丝社作家的散文创作尽管思想和艺术主张不尽一致，但在针砭时弊方面形成了独具风格的"语丝文体"。这种文体在思想内容上任意而谈，斥旧促新；在艺术上以文艺性短论和随笔为主要形式，泼辣幽默，讽刺强烈，"富于俏皮的语言和讽刺的意味"。鲁迅将"语丝体"概括为："任意而谈，无所顾忌，要催促新的产生，对于有害于新的旧物，则极力加以排击。"

20 世纪 20 年代中期，语丝社与现代评论派、北洋军阀政府、国民党新军阀及社会上的各种新与旧的黑暗势力发生了激烈的交锋，尤其是与现代评论派的论争。现代评论派于 20 世纪 20 年代中期出现，其成员多是欧美留学归来的自由知识分子，他们的政治倾向与鲁迅相对立，他们的散文创作思想取向也不一样。现代评论派的散文作家的代表人物有陈西滢、徐志摩、吴稚晖等。

陈西滢是现代评论派在杂文创作方面的主将。他是《现代评论》杂志闲话专栏的主编，《西滢闲话》是他在"五四"时期的主要作品结集，文风颇有特色。但陈西滢在文学史闻名的主要原因不是其杂文的创作成绩，而是与鲁迅的多次论战。文界对其杂文的评价也是褒贬不一，褒者认为："得益于深悟英国散文之妙谛，陈西滢这辈子文字生涯里唯一的一本《西滢闲话》就足以使他跻身中国现代散文十八家之列。"而贬者则说："在《西滢闲话》里，有不少观点互相矛盾，难以自圆其说，陈西滢的作文之道，还没有完全进入火候，所以他的闲话惹得他自己一身尴尬。"

20 世纪 30 年代，左翼作家处于压迫中，他们看重散文的现实批判性与论战效果，作为"匕首"与"投枪"的杂文自然成为他们首选的文体，杂文进入创作的繁荣期。"左联"的许多进步文学刊物，如《萌芽月刊》《芒种》《海燕》等，在一段时期内刊登了大量的左翼杂文。鲁迅的杂文也影响和启发了一批作者，形成了"鲁迅风"杂文作者群，当时成就较突出的是瞿秋白。瞿秋白受鲁迅风格影响创作的杂文，多为政治批判和文化批判，如《苦闷的答复》《曲的解放》《王道诗话》《出卖灵魂的秘诀》《狗道主义》《流氓尼德》等，同时也呼唤新世界的诞生。这种思想在《一种云》《暴风雨前》等文章中皆有表现。瞿秋白的杂文艺术视野开阔，善取类型，杂文形式不断创新。他的十几篇杂文，被鲁迅收入自己的集子《伪自由书》《南腔北调集》和《准风月谈》，读者甚至不能加以区分。

还有一批年轻的杂文作者涌现出来，唐弢著有《推背集》《海天集》。他的《新脸谱》因被误认为是鲁迅所作而受到攻击，这也足见鲁迅对这一时期左翼作家杂文创作的巨大影响。

其他杂文作家还有巴人、柯灵、聂绀弩、曹聚仁等，他们的主要成就在抗战之后。这些作家杂文的风格特色都可以用"鲁迅风"加以概括。

唐弢初写杂文时，被认为具有鲁迅风格，而他本人则始终认为杂文既是文学形式的一种，必须具有艺术性。他的方法经常是"在百忙中插入闲笔，在激荡的前面布置一个悄静的境界"（《短长书》序言）。例如，《株连草》的题旨是抨击日寇对知识封锁和虐杀的政策，但它以诗式的语言开头："不料又到了冷冷的细雨的夜里""疏落的狗声""寒意的刺袭""我的心像一颗冰冻了的火球盘旋于广漠的空际"。在进入议论之前，唐弢先拓开一个最适宜容纳这个题目的心理空间，"闲笔"不闲，感情成分的介入强化了文章鞭挞的力量。在唐弢的杂文中，锋利的议论中时常跳跃出诗式的短促段落，这使得他的杂文风格既有别于鲁迅，也有别于同时代其他的杂文家。

二、现代美文的发展

用散文表达某种人生意趣和境界的作者还有丰子恺、梁遇春、许地山等，他们的散文都各有特色。例如，许地山的散文集《空山灵雨》，表现了对人生的感悟和思索，极富哲理的《落花生》，就是此集中的名篇。《落花生》文章质朴短小，有寓意，主张人生"要学花生，因为它是有用的，不是伟大好看的东西"。梁遇春的散文《春醒集》《泪与笑》等，有英式人生哲理散文特色，他被称为"中国的爱利亚"。他在文中谈论知识，探索人生，或旁征博引，引类取比，或触景生情，浮想联翩，连睡懒觉这类题目，他都能拉闲扯淡，妙语连珠，好像比一般常人更能体味人生的滋味似的。他的散文的风格潇洒玲珑、多姿多彩，受英国随笔的影响，多具孤傲、懒散的绅士风度。

丰子恺从 20 世纪 20 年代中期开始写小品，著有散文结集《缘缘堂随笔》。他的特殊之处是以某种源自佛理的眼光观察生活，于俗相中发现事理，将谨细的事物叙说得娓娓动听，落笔平易朴实，有赤子之心，如他的画一般。丰子恺在看到人世间的昏暗后，企图逃入儿童的世界。

20 世纪 30 年代后，丰子恺与夏丏尊、叶圣陶等人同为上海立达学园的同事，又因聚集在开明书店周围而被称为"开明派"。他们都是积极的人生派、热切的爱国者，讲究品格、气节和操守，但与政治保持一定的距离。他们认为小品散文适于传授写作技能，为学生学习写文章提供范文，所以历来重视中、小学语文教学。开明派中的许多作家都当过中小学教员，他们就很自觉地把文学教育作为写作的目标之一。他们的许多作品拟想的读者都是少年学生。因此，他们的作品平淡如水、明白如话，却善于在平凡中发掘生活的哲理，追求高远的情境，严谨而有韵致。

夏丏尊的散文大部分被收入《平屋杂文》。他善于把日常生活化为艺术观照的对象，体验、品味其中的人生情味和世态风习。《白马湖之冬》《试炼》《无奈》《怯弱者》《长闲》《中年人的寂寞》《猫》等篇，于自我平凡琐事的记叙中感悟人生，传达一种奋斗进取的生活态度。《钢铁假山》《命相家》《春天的欢悦与感伤》等篇，感时忧国，悲天悯人，体现出寂寞忧愁中鲜明爱憎的一面。他在艺术上长于在记叙中抒情，构思谨严，立意深远，笔法老到，风格朴素，为少数的散文文体家之一。

20世纪30年代后，丰子恺的散文视野日趋开阔。《肉腿》《西湖船》等篇记叙了劳动人民生活的苦难；《辞缘缘堂》《胜利还乡记》等篇表达了对乡土的眷恋，以及对日本侵略者的愤慨；《贪污的猫》《口中剿匪记》等篇则讽刺了贪官污吏。他在艺术上长于在记叙中说理，描写婉曲，善于择取蕴含哲理的生活片段，富于谐趣。

20世纪30年代后，继承并发展了开明派散文风格的还有林语堂。

林语堂于1932年9月创办了《论语》半月刊，不久又创办了《人间世》和《宇宙风》，这两本杂志都以发表小品文为主，提倡幽默、闲适和独抒性灵的创作。从1932年《论语》创刊，到1936年去美国，林语堂发表的各种文章近300篇，其中一部分收录在《大荒集》和《我的话》二集中。林语堂国学和西学的底子都比较厚实，熟悉中西文化，后来还用中英文双语写作，习惯用中西比较的眼光看问题。他的小品文都是从一件具体的事物出发，引发出对传统文化与外来文明比较冲突的许多联想。林语堂的小品文中贯穿了他对国民性改造以及传统文化转型的思考。他自作对联"两脚踏东西文化""一心评宇宙文章"，用以自况。他以文白夹杂的"语录体"，庄谐并出地谈性灵、说自我、话闲适，不乏庄谐并出、清新自然之作。林语堂还作有政治讽刺、社会批评和文化批评，以及少量记述文章，但多数"说说笑笑"。《怎样写"再启"》《冬至之晨杀人记》多有积极的社会意义，但过分追求闲适。格调欠高的作品有《论谈话》《关于分娩》《关于宫刑》《我怎样买牙刷》《中国究竟有臭虫否》等。

侨居国外后，林语堂除出版"对外国人讲中国文化"的《吾国吾民》《生活的艺术》等著作，还用英文创作了多部长篇小说。其中，仿《红楼梦》而作的《瞬息京华》（今译《京华烟云》）有中译本问世，并产生了一定影响。

提到现代白话美文，朱自清与冰心的文章也颇有影响，他们以文字优美，善于用白话叙事、抒情而著称。朱自清是极少数能用白话写出脍炙人口名篇的散文家，冰心的"冰心体"散文更容易引起未涉世事的青年读者的共鸣和模仿。

朱自清早年是新潮社的重要成员，主要创作新诗，曾编辑中国现代文学史上最早的诗歌刊物《诗》，并著有长诗《毁灭》。后参加文学研究会，转向散文创作。1923 年，发表了《桨声灯影里的秦淮河》，显示出他散文创作的才能。1928 年 8 月，出版散文集《背影》，在文坛引起强烈反响，并以平淡朴素而又清新秀丽的优美文笔独树一帜。

1937 年，全面抗日战争爆发，朱自清随校南迁至长沙、昆明、成都，他在这一时期创作了散文《语文影》，与叶圣陶合著《国文教学》等书。抗日战争胜利后，他积极支持昆明学生反对国民党发动内战。1948 年 6 月 18 日，他虽身患重病，却仍在《抗议美国扶日政策并拒绝领取美援面粉宣言》上签字，并嘱告家人不买配售面粉，始终保持着一个正直的爱国知识分子的高尚气节和正直清白的节操。

在中国新文学史中，朱自清是享有盛誉的散文大家。叶圣陶曾指出："讲授中国文学或编写现代文学史，论到文体的完美，文字的全写口语，朱先生该是首先被提及的。"但朱自清在 20 多年的散文创作生涯中，前后的风格差别很大。他前期的散文优美抒情，具有美文的特质；后期的散文侧重议论，偏于说理，具有杂文性质。朱自清主要的散文集有《温州的踪迹》《诗文合集》《背影》《你我》等。

朱自清散文作品的题材可分为三个系列：一是反映社会人生，以写社会生活、抨击黑暗现实为主要内容的一组散文，代表作品有《生命价格——七毛钱》

《执政府的屠杀记》。二是记人叙事，抒写个人际遇，以《背影》《儿女》《给亡妇》为代表的一组散文，主要描写个人和家庭生活，表现父子、夫妻、朋友间的人伦之情，具有浓厚的人情味，这类散文也可称为"亲情散文"。《给亡妇》纪念亡妻武钟谦，充满了浓浓的人间至情，读来令人不禁泪下。三是写景状物，是以写自然景物为主的一组借景抒情的小品，如《春》《荷塘月色》《桨声灯影里的秦淮河》等，都是其代表佳作。

朱自清的散文首先是美的白话文，在打破"美文不能用白话"方面，他是贡献最突出的一位。他的散文是纯粹的白话文，文字几乎全部口语化，语言朴素优美、生动自然，是"白话美文的模范"。具体表现在他的散文语言富有节奏感、韵律美，长短句搭配错落有致、朗朗上口。朱自清的散文善用比喻、暗藏通感、拟人等手法，准确贴切、活泼新奇，集赋、比、兴各种手法于一体，起承转合之中含义隽永。朱自清的写景文用精雕细刻的工笔手法和大量的比喻，栩栩如生地把景物表现出来，使人在读后有特别真切的感受，如身临其境、亲见其景，尤其是《荷塘月色》《绿》用清丽的文字描写自然风光和人文景观，意境优美。同时，朱自清又善于将景与情、情与景巧妙结合，形成情、理、趣、景相融为一的艺术境界。例如，《匆匆》全文不过六七百字，却跳动着美的节奏和美的旋律。

冰心的《往事》《寄小读者》等在当时的青少年中有极大的魔力，并在当时就被引入学校课本。冰心更擅长用散文体式自由地挥写流畅的诗情，她的许多散文都是"放大了的诗"，如《往事（一）·七》《寄小读者·通讯十》等歌颂母爱和人间爱，《梦》《往事（一）·一》追怀美好的童年，《寄小读者·通讯七》《山中杂记（七）》《说几句爱海的孩子气的话》《往事（一）·十四》《往事（一）·二》表达对大自然的倾心，《往事（二）·三》《寄小读者·通讯二十三》抒发浓烈的爱国思乡之情。她善于把诗情、画意、哲理融为一体，有"清水出芙蓉"的审美境界。

三、抒情散文的发展

抒情写意的散文在 20 世纪 30 年代京派作家笔下得到了发展。以文字之美而论，抒情散文首推何其芳。

何其芳，四川万县（今重庆市万州区）人，他于 1929 年开始在《新月》等杂志上发表小说、诗歌。1931 年进入北京大学，开始致力于诗和散文的创作，作品结集有散文集《画梦录》《刻意集》。

何其芳与李广田、卞之琳被称为"汉园三诗人"，三人合出了诗集《汉园集》。卞之琳的主要成就在诗歌上，李广田的主要成就在散文上，何其芳与李广田有着相似的思想和文学历程，但两人的风格迥异。李广田著有散文集《画廊集》《银狐集》《雀蓑记》《日边随笔》等。他的散文主要叙写平常人事，寓情感于叙事。寄意深远者，则凝聚为散文诗，其作品《山之子》《老渡船》《柳叶桃》多写乡村小天地中备受苦难的劳动人民的种种不幸，《记问渠君》《黄昏》刻画了黑暗时代知识分子的心灵创伤和苦闷彷徨，《扇子崖》《野店》《画廊》摹绘故乡的山水神韵和风俗人情。20 世纪 40 年代后，他的视野更加开阔，题材逐渐多样，开始采用更见锋芒的杂文笔法。《一个画家》抒发爱国情感；《没有名字的人们》《圈外》《没有太阳的早晨》揭露阶级压迫，控诉黑暗社会制度；《建筑》颂扬工人的创造力量。李广田在艺术上长于刻画人物，富于想象，风格浑厚朴实。

丽尼、陆蠡、缪崇群的抒情散文，在散文创作中也是独具特色的。

丽尼是悲哀和忧郁的散文家。《黄昏之献》《鹰之歌》《白夜》等散文集多采用散文诗的写法，感伤地倾吐和控诉封建势力对青年纯真爱情的扼杀；《秋夜》《森林》《原野》描写农村破产后农民流离失所的状态；《鹰之歌》《夜间来访的客人》《急风》《寻找》赞颂革命者的反抗斗争，表达了憧憬光明的想法；《江南的记忆》抒发了炽热的爱国情感。丽尼的初期创作以诗意的抒情为主，后逐渐加强叙事，将散文、小说融为一体，并在抒情叙事中蕴含哲理性的意旨。

陆蠡初期的散文集《海星》，多抒发自我的哀怨、幻想、沉思，歌唱童心的纯真；此后的散文集《竹刀》《囚绿记》，叙事因素逐渐增强。《水碓》《庙宿》《嫁衣》讲述了农村妇女的不幸，《竹刀》以传奇性的笔触歌唱了山民的反抗，《囚绿记》真挚细腻、委婉含蓄地颂扬了坚贞不屈、渴求自由光明的民族精神。陆蠡散的文抒发主观情感，多取散文诗笔法，真挚纯净、精巧玲珑，如《海星》《荷丝》等，叙事写人，布局跌宕起伏，曲折多变，节奏自然，如《灯》《独居者》。

缪崇群呕心沥血地致力于散文创作。初期散文《晞露集》，沉郁感伤地追忆少年时代的生活，以及留学日本的人生经历。《童年之友》《芸姊》《守岁烛》多写儿女之情，交织着探求人生的寂寞和忧伤。此后的散文《寄健康人》《废墟集》等，将视野渐渐转向现实的社会人生现象。《旅途随笔》《北南西东》《凤子进城》等作品，暴露了社会世态，表达了作者对弱小的同情，抒发了作者心中的郁愤。他的《苦行》《血印》《一觉》控诉日帝侵略，情绪激昂；《夏虫之什》以象征隐喻的手法，讥讽社会现实，探究人生；《人间百相》审视社会芸芸众生相；《街子》《牛场》描绘云南边陲风俗民情等。缪崇群擅长编织故事，抒写人情，其作品蕴含哲理，风格平实亲切，精细委婉。

创造社在"五四"时是狂飙突进的浪漫派，这一派作家的散文，与其小说和诗歌有共同的基色。在这一派作家的散文中自我形象或情绪十分鲜明，并具浓郁的抒情性。特别是郁达夫，他的率真、坦诚、热情呼号的自剖式文字，无所隐饰地暴露了自己，称得上是一位独树一帜的散文家。他声称比起小说来，现代的散文更带有自叙传的色彩。他和郭沫若的散文都直接叙述了自身的遭遇，发出了对醒龊的现代文明和官僚社会的切齿诅咒，又带有时代病的感伤。他的散文，充分地表现了一个富有才情的知识分子，在动乱的社会里的苦闷心怀。

郁达夫的《归航》《还乡记》《还乡后记》《屐痕处处》显示出其散文的特点：文笔恣肆，率真酣畅，自剖自叙中时露激愤之音。同时，他的游记寄情山水，以清婉取胜。

四、报告文学

报告文学作品始见于"五四"时代。在20世纪20年代影响最大的报告文学作品是瞿秋白的《饿乡纪程》《赤都心史》，开创了中国报告文学的先河。《饿乡纪程》《赤都心史》是最早介绍社会主义国家苏联现状的报告文学式散文，记载了作者赴俄的经历。具有代表性的报告文学作品还有冰心的《寄小读者》、徐志摩的《巴黎的鳞爪》、梁绍文的《南洋旅行漫记》。

由外国传入"报告文学"这个名称，并有意识地提倡这种文体，和20世纪30年代的"左联"不无关系。报告文学在20世纪30年代的发展及其特点有两点：一是20世纪30年代急剧变动的社会生活需要具有很强的新闻性和纪实性的文学样式作出迅速的反映。二是"左联"的积极倡导和组织。"左联"组织提倡的工农兵通讯运动，掀起了群众写作报告文学的热潮，并推动了作家的报告文学创作，报刊记者也开始执笔写作报告通讯。三是外国报告文学理论和作品的翻译。

较早的报告文学集有阿英主编的《上海事变与报告文学》。1936年，夏衍的《包身工》和宋之的的《一九三六年春在太原》问世，由周立波所译的《秘密的中国》、由阿雪所译的《上海——冒险家的乐园》先后发表，推动了报告文学创作风气的形成。茅盾主编的《中国的一日》以1936年5月21日这一天发生在全国的事件为题，从征求的3 000多篇稿件中，选出了500

篇文章出版。这一年形成了报告文学的热流，并掀起了 20 世纪 40 年代报告文学创作的高潮。夏衍的《包身工》被公认为早期报告文学的代表作，它和宋之的的《一九三六年春在太原》克服了此前报告文学重报告轻文学的缺点，实现了新闻性、纪实性与形象性、情感性的融合与统一。它们的出现标志着中国现代报告文学的成熟。

对具有新闻性、纪实性的报告通讯产生较大影响的还有李乔的《锡是如何炼成的》、梅雨主编的《上海的一日》、邹韬奋的《萍踪寄语》、萧乾的《流民图》、范长江的《中国的西北角》《塞上行》等。

第六章　网络新媒体视域下
汉语言文学的发展

第一节　网络语言对汉语言
发展的影响

随着网络的迅速发展，一种新的语言形式也随之而来，这就是"网络语言"。在很多人的眼中，网络语言其实是传统语言的一种变体，它丰富了传统语言，也是传统语言的发展。网络语言为古老的汉语言带来了新的活力，大部分网络语言已经被人们熟悉并接受，但是总体来说，这种新的语言形式还是缺少统一的标准，给人们的生活带来的影响也有利有弊。

一、网络语言的产生和发展原则

网络语言作为一种新生的语言，它的产生及动态发展都符合语言学的原则。语言的趋同原则是驱动网络语言不断发展变化的内在原因。在网络语言被创造、生产出来以后，会经历一个选择和淘汰的过程：一部分语汇被社会广泛接受并固定下来，逐步融入现有的话语体系当中；还有很大一部分流传时间短暂，被摒弃不用或最终消亡。这种语言大浪淘沙的过程在很大程度上是由后加入网络的语言使用者所完成的。他们初入网络时，为了适应网络社区中的"虚拟生存"，必然会尽快熟悉网络上的通用话语以达到顺畅交流的目的，而交流的工具就是既定的网络流行语。他们原有的语言表达习惯很难在网络上被多数人认同和接受，因此结果就是"一轮对小群体用语的摈弃以及对既定认同用语的加强"。管理经济学之父爱德华·拉泽尔在论证语言与文化的关系时，就提到了语言的趋同现象，他认为，少数语言群体具有学习优势语言群体语言的倾向。随着时间的积累，不断的摈弃和强化过程造就了网络语言的动态发展，最终形成了优势语言的趋同。

网络语言作为网民在虚拟社区中的交流工具，其形成方式体现了语言经济学原则里的"省力原则"。语言价值论学说的代表索绪尔在其著作《普通语言学教程》中阐明了语言的组合与聚合关系，他认为人类在语言的创造和运用中体现出经济学里效用的最大化驱动原理，也就是"省力原则"。美国语言学家乔治·金斯利·齐普夫在其 1949 年出版的著作《人类行为与省力原则》里，第一次明确提出"人类行为普遍遵循省力原则"这一观点。他认为人们用语言来表达思想时，会感到"两个不同方向的力，也就是单一化的力以及多样化的力在共同作用。一方面希望简短明了，另一方面又要让人能够理解，使得每个概念都可以用一个对应的词语来进行表达，从而使听者理解起来最为省力"。网络语言的构成方式正体现了简明、易懂这一省力原则。

二、网络背景下现代汉语的发展

当前，网络语言成了网上交流表达的常用工具。互联网中的另类语言和另类表达，冲击和颠覆着既有的语言规范，并正在进入现实社会和日常生活之中，并不可避免地引起了某些混乱。因此，单纯拒绝网络语言是不明智的，我们要对其进行一定的规范，以保证现代汉语的健康发展。

（一）要有多样化的特点，这是规范网络语言的基础

语言是用来交际的，规范不能限制交际。网络语言的出现是因为它满足了网民减少语言障碍、上网方便的需要。所以无论是字母、数字、图片或其他什么形式多样的表达方式，因其方便，迅速得到了大家的认可，并逐渐成为约定俗成的网络语言。而随着网络的迅猛发展，它对现实生活的影响是显而易见的，这些另类语言也在都市人生活中大行其道，成为生活用语的一部分。

（二）要有生命力，这是规范网络语言的关键

语言要发展，不能一成不变。《中国网络语言词典》的主编、教育部"新词新语规范基本原则"的第一负责人丁根元教授说："语言系统如果只有基本词，永远稳稳当当，语言就没有生命力可言。语言在发展，语言也需要规范，但规范是要推动发展，限制了发展的不是规范。"其实，规范语言，关键是看它是否具有生命力。语言是变化的。当初，一些所谓"舶来品"，如"沙发"，"坦克"等词语，从出现之初有人反对，大声疾呼纯洁"国语"，到逐渐被大众接受，以至于现在没有多少人认为它们是外来词语，更没有谁对它们是否规范提出疑义。最初，人们把一种通信工具——移动电话称为"大哥大"，现在则统一称其为"手机"，这也成为一种规范的语言表达。可见，汉语一直处于不断地丰富发展中，发展推动了规范。

网络语言的迅速传播说明它有存在的道理，流行的趋势已得到了社会的公认，并且对社会产生了一定的影响。据有关部门保守统计，改革开放以来，平均每年产生 800 多个新词语。随着 IT 产业的蓬勃兴旺，网络语言成了标新一族。如果这些充满活力的网络语言能够经得起时间的考验，约定俗成后我们就可以接受。社会对一个新词语有必然的认知过程，词语自己也有一个成长、衰

落的过程。那些充满生命力的新词语如果经得起时间的考验，肯定会被更多人接纳，反之就会被淘汰，直至黯然消失。

（三）要有人情味，这是规范网络语言不可或缺的因素

互联网是高科技，越是高科技的东西就得越有人情味。现在流行的网络语言，大多诙谐幽默，充满人文色彩，被众多青少年认同并广为传播。面对纷繁复杂的社会，他们感觉这样简洁的表达方式更具有人情味，带来了许多"一本正经"所没有的乐趣，让人有一种轻松感。网络语言是一种可以体现现代人生存和思维状态的新语言，它的出现在语言史上具有划时代的意义。

三、网络语言对汉语言的影响

对网民来说，网络语言有着独特的魅力。对语言专家来说，也由原来的不认同到逐渐重视。网络语言以及网络文化的迅速发展受到了教育界、语言学界的广泛关注，伴随着对网络语言的深入研究，产生了一门新的语言学科——网络语言学。由此可见，网络语言是有一定的社会意义的。语言和社会文化之间的关系是非常密切的，两者互相影响又互相包容。对于网络语言而言，虽然它的理论体系以及研究方法还不够完善，但是在虚拟网络以及网络外部环境的双重磨合下，现在的网络语言相比前几年的杂乱无章已经大不相同了。

网络语言在逐渐地形成一种语言系统，其传播媒介是网络，网民是网络语言的主体，在网络语言系统里，没有人是权威专家，任何人都可以畅所欲言，任何人都可以表达创新的想法，任何人都可以创造新的词汇，而且一旦大家认可了就会很快在网上传播，当流行起来又会从网络进入现实生活。

网友丰富的想象力使一些生僻字频繁出现在人们的视线中。对于这些字在

网上的流行，大家也有不同的看法。有的人认为，这是对汉字的不尊重，属于恶搞，是对中华民族文化的损害；也有的人认为，这样的方式提高了人们对生僻字的关注，是有利于汉字文化传播的。

网络语言的形成和发展是在不断深化的，大致可以分为三个阶段。起初，因为五笔输入法并没有普及，网友为了节省时间，为了网上交流的方便，会使用一些缩略语或者谐音词。这样交流起来速度得到了很大提升，这算是网络语言的第一个阶段。第二个阶段是网友为了在保证速度的同时更加体现自身个性，所以使用了很多的表情符号。网络语言发展的第三个阶段是伴随着网民数量的迅速增加，网络应用更加广泛，人们更加喜欢追求新鲜事物，网络语言得到了丰富。网络词语的流行，标志着一种新文化的诞生——网络文化。就汉字来说，它本身就已经形成了一个文化系统，汉字体现了我们中华民族的悠久历史、审美情趣、价值观念等，而网络文化则是通过文字、图片、声音和视频等表达观点的一种文化成果。以"囧"作为例子，它是网民对文字意义的扩展，因为它的频繁使用，更多的人开始关注古汉字，人们对古汉字的热情被激发了，挖掘出了更多的生僻字。每次出现一个有趣的汉字，网友都会积极地表达自己的看法，与此同时也会感叹先人的伟大，增加了人们对民族文化的热爱之情和自豪感。

所以说，网友根据文字的字形创造出新的含义，不但使文字的表达更加生动形象、充满趣味，而且使网友之间的交流方式变得独特，满足了年轻网民追求个性的心理，使网络语言更加有特色。网络语言的这些特征符合当下网民的心理需求。但是，如果不对这些网络语言进行规范，容易对现在的语言文字体系造成消极的影响，甚至造成文字使用上的混乱。比如，一些广告语乱改成语："一见钟情"被某品牌口香糖改为"一箭钟情"；某品牌的摩托车打出广告语"骑乐无穷"；等等。这样的改动会对青少年或文字功底并不扎实的人产生一定的误导。人们之所以关注这些网络新词语，一方面是因为新奇有趣，另一方面是因为它们的出现和发展在某种程度上符合网民的社会文化心理。网络语言的影响具有两面性，下面笔者就对这种两面性谈谈自己的看法。

（一）网络语言带来的积极影响

世界上每一种语言都是在使用之中不断更新和发展的。从文字本身来说，网络语言对汉语言的发展起到了一定的推动作用。例如英语，每年都有很多的合成词随着科技进步和社会发展而诞生。网络语言通过缩略、符号、借用一些外来词或者赋予传统的汉语新的意义等手法来丰富词汇，不但形式多种多样，使用起来更是灵活多变。而且网络语言的语法打破了常规语法的规则，使人们的文字语言表达更丰富，不受传统语言规则的限制，给人们的生活增添了乐趣，增加了色彩。比如，之前提到的"囧"这个字的流行，给人们的生活增添了很多乐趣，也使语言的表达更加形象。

另外，很多青少年对传统文化的兴趣也是由网络文化带来的乐趣激发的。流行起来的网络语言大多来自社会热点人物或者事件，从侧面体现出社会中存在的问题和部分趋势，人们对某一社会问题的注意可能就是因为某一网络词语的频繁出现。由此看来，网络语言之所以流行，是因为人们对这些词语的出处非常关注。如今，网络已经渗透到人们的日常生活之中，每一个人在网络上都可以畅所欲言。网络不仅成为大众表达看法、参与社会生活最普遍、最便捷的方式，而且成为信息传播的最主要方式。也正是因为这一现象，网络语言才能如此迅速地发展起来。

（二）网络语言带来的消极影响

首先，一部分网络语言偏离了汉语规范。网络语言普遍是为了追求新奇和方便，在很多方面都没有遵循汉语规范。有些词语的词义被曲解，还有很多刻意的错别字，这些都会对语言教育方面产生负面的影响。网民的主要群体之一就是青少年，他们喜欢新鲜事物，乐于且善于接受新鲜事物，他们情感非常丰富，却没有很强的辨别是非的能力。青少年正处于语言学习和培养的阶段，大量地使用、接触网络语言，容易养成不规范表达的坏习惯，这对语言学习必将造成不良的影响。其次，大量地接触网络语言会使人们的书写能力、阅读能力，以及对语言的鉴赏能力慢慢下降。网络是虚拟的，它打破了现实生活中的界限，营造的是一个文化交流的大世界。网络语言因为其丰富多样和巨大的张力建造了一种新的语言模式。这种直白的文字和特殊的表达方式，迅速渗透到传统的语言文化中，使得传统语言的功能变得淡化。

随着经济全球化的到来，国际之间的沟通交流也是愈加频繁，不仅仅是国际之间的经济贸易迅速发展，国际化文化产业的发展也随之而来。语言作为交流的重要载体，人们也越来越重视。在新的时期，随着中国在国际上影响力的逐渐扩大，人们对汉语也更加关注，汉语言的发展也有了更为广阔的前景。越来越多的国家都在积极倡导学习汉语，越来越多的外国人体会到了汉语言无穷的魅力，在世界范围内掀起了学习汉语的热潮。中国是一个语言文字起源大国，汉语经过长期的发展，历史积淀很深厚，规范汉语言文化传播是文化的需要，更是搭建国际友好关系的桥梁。规范的汉语言对国际交流来说意义重大。在新的时期，汉语言迎来了新的发展机遇和挑战。因此，对汉语言文化的传播要加大力度，扩大汉语言的影响力，逐步实现汉语言的产业化和国际化发展。当然，想要实现汉语言文学的产业化和国际化这一目标还有很长的路要走。汉语言文学如何发展，怎样实现更大范围的发展，需要树立一个长期的发展目标，要积极有效地探索实现产业化和国际化的需要。在这一点上，汉语言要注重凸显自身的特点，与此同时提高自身的影响力，扩大影响范围，实现进一步的突破和提升。

第二节　新媒体环境下
汉语言文学的发展

新媒体创造的文学活动环境，使汉语言文学处于开放、自由的状态，形成了前所未有的百花齐放、百家争鸣的文学态势，尤其是网络文学的繁荣，是当代文学所必须面对的一个现象。本节着重探讨新媒体时代下汉语言文学的发展和形式转变等内容，通过系统研究，总结和阐述现代新媒体对汉语言文学产生的重大影响。

一、新媒体环境下汉语言文学生产机制的变化

（一）新媒体改变了汉语言文学的生产方式

新媒体在文学活动中的介入，首先改变了现代汉语言文学的生产方式。文学活动的环境、作家的身份和组织形式、文学的生产模式都发生了变化。考察当下的汉语言文学生产，要特别注意市场和媒介两个因素的影响。在社会主义市场经济体制的作用下，逐渐形成了市场化的文学生产；新媒体的网络化、个人化、平等化、开放化等特点，使得文学活动的主体突破身份的限制，从知识精英到普通大众都尽情地参与文学活动，并因共同的文化倾向，借助网络平台形成新的文学活动群体。

1.新媒体创造了汉语言文学新环境

20世纪90年代以来，中国逐渐进入新媒体时代。新媒体最开始只是一种新的传播介质，后介入到汉语言文学创作和发展中来。新媒体营造了文学新环

境表现在以下两个方面：创造了全民自由参与的虚拟时空，带来了新的文化逻辑。此外，新媒体的出现，在一定程度上，打破了传统的文学规约，改变了传统的文化观念，重建了文学秩序，为汉语言文学的进一步发展提供了新的可能。

（1）创造了全民自由参与的虚拟时空

新媒体创造的虚拟时空，打破了物理时空的限制，创造了人际交往的新空间，给予全民时间与空间的自由。任何人只需要一台能上网的电脑，或是能上网的手机，就可以在任何时间、任何地点实时地参与文学活动，让他人听到自己的声音，分享自己的作品。

（2）带来了新的文化逻辑

互联网对滋生和传播后现代的文化精神起到巨大的推动作用，电脑和手机在其中扮演了重要角色。在新媒体时代，四通八达的网络通道打破了既有的话语等级秩序，出现了"众声喧哗"的场面，任何声音都很难成为权威，网友各抒己见，颇有几分春秋时期百家争鸣的味道。

2.新媒体改变了汉语言文学活动的主体与组织形式

在新媒体时代，作家身份完成了由传统的启蒙者、社会精英向普通大众的转变，而汉语言文学的组织方式也打破以往的桎梏，实现了"平民的文学"。网络文学社团、新的读书沙龙和微信平台是传统文学社团在新时代下的演变，其借助网络将更多的文学爱好者组织起来，进行文学创作，坚守文学。

（1）作家身份的嬗变：从精英到大众

在新媒体时代，文学创作的门槛更加降低，文学写作几乎不受身份的限制，只要有文学表达的欲望，依靠一台可以入网的电脑，会打字，就可以在网络上发出自己的声音。文学成为普通大众日常生活的一部分，成为记录和体验生活的方式。新媒体时代是一个全民作家的时代，文学不再是少数人的专利，任何人都可以进行写作，呈现非职业化、平民化趋向。

（2）作家的组织形式：体制的"逾越"

中国当代文学前 30 年是"准政治"下的文学生产，作家在中国文学艺术界联合会和中国作家协会的领导下开展创作——"领导出思想，群众出生活，作家出技巧"。自 20 世纪 80 年代中期以来，作家的组织形式改变了，中国文学艺术界联合会和中国作家协会的组织功能弱化，甚至有作家退出作协，成为"自由撰稿人"。在新媒体时代，又出现了因共同的文化立场、价值倾向所建立的网络文学社团和文学同人群落等新的组织形式。作者的文学活动正超出"体制"的范围，并以新的方式组织在一起。

3.新媒体促成了新的经济化文学生产模式

在现代社会，作者为了维持自我的生存和发展，必然与出版商、市场发生关系，其创造的文学作品也就具有了商品的属性。作者作为商品流通链条中的一个环节，不再是孤立的存在，需要时刻关注文化市场的需求，创造出符合读者审美情趣的作品。文学期刊、出版社的转型是 20 世纪 90 年代以来文学适应市场开始主导文化生产的重要策略。畅销书生产机制的建立，成功地树立了经济化文学生产模式。如果说市场在文学生产转型中起到巨大作用，那么新媒体则促成了新的经济化文学生产模式——文学网站的文学生产线以及利用网络资源的文学生产。

文学网站成为文学生产、传播、消费的重要场地，为文学创作者和文学接受者提供了写作和阅读的场所，却更多地作为经济化的文学活动平台，受资本运行规律的规约，确立了新的生产模式。

另一种利用网络资源进行生产的形式是利用网络的人力资源，充分发挥集体的效用。

（二）新媒体改变了汉语言文学创作观念与形式

文学观是指如何理解和看待文学。新媒体改变了传统的文学创作观念。在这个多元化的社会环境中，文学很难再承担唯一的价值和意义，不同的作家也因不同的文学追求，在文学活动中践行着言志载道或娱情快意的文学观念。文学作品的内容、艺术样式和美学品质因数字技术的介入出现了新的思想意蕴和审美品质。

1.文学创作观念的转型

进入新媒体时代以后，汉语言文学在政治的或是经济的功利主义束缚外，更加注重抒发自我的功能，回归袒露心性、娱情快意的自由本质，表现人的精神世界。尽管一部分作者与接受者仍然将文学视作神圣，但是更多的创作者秉持着一种自由的创作心态。他们多数"躲避崇高"、独抒性灵、不拘格套，在网络的自由空间内表现自己的内心生活和情感世界。新媒体时代的文学创作观念，是从"我"出发，再回归到"我"。不过，有时一些作者会全然将文学当作游戏的、娱乐的、发泄的。不过，这种"快感"是脱离了本能的，是思绪所到的情感喷发与流淌。

正是这种任意的姿态，让我们看到了文学的活力。我们也在自由的汉语言文学创作中看到了现代人真实的精神世界、价值取向和文化立场。透过汉语言文学的窗口，更加关注人的存在。而这些是与新媒体时代自由的文学生产与传播平台密不可分的。在新媒体时代，汉语言文学正在努力摆脱各种社会因素的影响，找到它的自由精神。

2.作品内容与艺术形式的转型

新媒体在汉语言文学中的介入，改变了汉语言文学的内容和艺术形式，从文学体裁、题材到表现手法都出现了新的样式,汉语言文学发展出现新的趋势："小叙事"与"超长篇"是新媒体环境中出现的新文体；类型文学则是商品化文学生产的产物，充满本能欲望；多媒体技术丰富了文学的表现形式。新的社会文化环境和新的媒介环境给汉语言文学的发展带来了新的可能。

3.文学美学品质的变异

汉语言文学作为一种社会性存在，其本身必然被打上清晰的时代烙印，特定历史条件的社会风尚会对创作者产生影响，并投射到作品中。因此，汉语言文学的美学品质与时代的密切关系，反映着特定时代的精神气候。21世纪，新的传播媒介不再只是一种工具、手段，而是已经融入被传播物中，成为其审美价值的一部分。互联网给文学提供了新的生态环境，其后现代的意义指向、中心的消解、个体的凸显，正在消解着集体价值下的唯一的崇高文化，生成崇高、优美、喜剧、悲剧、丑、滑稽共存的文学现场。

网络、手机等参与社会文化的塑造，为世俗化的快乐审美、感官刺激、文化消费提供了新的可能。新媒体的交互性、自由性、即时性、随意性，吸引了大众的广泛参与，为文化的生产和传播提供了有效的工具、手段，更为多元的审美提供了生长条件。多元的审美反映了文学的生命力，也为产生优秀的文学作品创造可能。在"躲避崇高"之后，文学审美呈现多元化的趋向。传统文学中的"崇高""优美""悲剧""喜剧""滑稽""丑"等美学品质共存在当下的文学创作中，然而却趋于一致地出现了"世俗化"的美学倾向。"世俗化"本身并不具有贬义，它只是一个中性的概念，不过要警惕由审美自由带来的鱼龙混杂。我们尊重多元的文化选择，但是我们也要看到多元背后的世俗化倾向，以及其中隐藏的消极因子：缺乏人文精神；丧失批判意识；深度的削减以及感性的泛滥；放弃传统民族、国家的集体精神，而愈加关注个体的价值；等等。

（三）新媒体改变了汉语言文学的传播方式

新媒体突破了传统媒体文学发表空间的有限性，实现了文学作品超时空的、即时的、无限传播。各种数字化的信息交流平台为大众提供了一个尽情言说的空间。以网络文学为核心，新媒体实现了包括传统纸媒、影视、游戏、广告、动漫等在内的"多层次的衍生品"的共存，大大激发了网络文学的生命力，丰富了文学的生命形态，吸引了不同趣味的消费者，取得了巨大的经济效益。

1.数字媒体实现了超时空的即时传播

网络空间的无限性，让每个人都有了表达的机会，有了自由表达的权利，人们在现实、有限的物理活动空间之外，在虚拟的网络空间自由飞翔。网络空间的无限性，增加了信息的承载量，对汉语言文学来说，扩大了存在空间，使汉语言文学彻底从狭窄的纸媒空间中解放出来，任何有意愿发表作品的人都可以将自己的作品与他人进行分享。电子技术突破了传统物理传播时代的信息壁垒，物质、时间、空间的阻隔与冲突在数字媒体时代得到了解决。

2.新媒体提供了自由选择的传播平台

进入新媒体时代，互联网、手机等的广泛应用，不仅更新了信息传播介质，方便了信息的传递，还给汉语言文学的发展提供了具有互动性、开放化、个人化的新平台，为大众开辟了语言狂欢的场所，也为迎来汉语言文学的全新的写作时代创造了必要的条件。

3.全媒体融通促进了汉语言文学多种艺术形式的传播

网络文学通过传统出版、影视改编、游戏改编等全媒体的跨界合作，再次扩大了其传播空间，赢得了更多的消费者，实现了其经济价值的最大化。汉语言文学同样能够从中受益。汉语言文学的原创作品，通过与影视、娱乐、广告等的深度合作，正在形成一条引人注目的产业链条，已经实现了"一次生产，多次利用，全版权获利"，更重要的是在视觉时代，找到了汉语言文学全新的生存和发展出路。

二、新媒体环境下汉语言文学存在方式的转型

新媒体对文学的挤占、文学本身的激变、读者注意力的转移，在这三股力量所形成的强大合力的作用下，纯文学几乎已经到了自娱自乐的地步。汉语言文学也不可避免地面临着这样的困窘与危机，这就促使我们对汉语言文学存在方式的研究，应该由对汉语言文学本质的阐释转向对文学现实、文学实践的关注。而实质上，当下的文学也正以大量的文学实绩和实践活动，彰显文学存在方式的悄然转型，虽不免让人对文学的命运感到沮丧，但这却是文学自身在风云激荡的新媒体时代被迫做出的无奈抉择。

（一）从审美创造到复制生产

汉语言文学的创作方式由审美创造到复制生产的改变，标志着汉语言文学从艺术作品到精神产品的转型。这也就意味着，汉语言文学不再是作家对生活进行体悟或者深思后的艺术创造，而是沦为一种机械时代下的简单复制。这种复制将导致汉语言文学失去它原应具备的神圣性、批判性和唯一性，只是作为一种产品而存在。当下中国的文学审美教育真切地诠释了文学作为一种产品的概念。文学教育的功利化、模式化导致了文学教育的异化。当下的汉语言文学中的美学价值越来越浅薄，年轻人对文学的期待值和关注度越来越低。

1.机械复制时代下的文学生产

新媒体为文学传播提供的强大技术支持，使得文学作品对普通人来说不再难以获得。面对当前极度发达的出版传媒业，文学作品包括传统文学、网络小说、青春小说、玄幻小说，乃至一些泛文学类的情感、时尚读物的海量涌现，使曾经长期横亘于普通读者和精英文学之间的鸿沟被填平。

这种距离感的丧失，让当下的读者感到文学作品是如此容易获得，甚至他

们自己本身就是文学作品的创作者。当下的文学作品在大量复制和传播的过程中，虽然能够使文学的价值得到几何级的扩散，但是也导致文学作品丧失了它的"即时即地性"，即文学的"原真性"，并因此引发文学作品期待感和满足感的沦丧。

2.被异化的文学审美

进入新时期以来，人们对我国教育制度的质疑不绝于耳。尤其是随着素质教育理念的勃兴，人们更是深刻反思长期以来以高考为旨归的应试教育的弊端。在这种质疑声与批判声中，对待汉语言文学的审美教育也涌动着一股浮躁的气息，原本以培养人的审美能力的艺术教育，被异化成"追求极端""放肆自我"的审美倾向。大众化的汉语言文学创作，使许多作品缺乏文化底蕴的支撑，缺乏人生经验的历练，艺术已经演化成可机械复制的技术。

（二）从意识形态到话语狂欢

从意识形态到话语狂欢的转型，是现代汉语言文学在危机时代下基于理想和现实的无奈选择。然而，当汉语言文学除去自身背负的意识形态枷锁，意图回到自由的文学时代时，却发现自身已经被泛化了的文学重重包围。文学语言和话语的狂欢更像是一场世纪末的盛宴。

1.重返文学的娱乐时代

不管文学是作为一种意识形态，还是作为一种审美意识形态，过于强调文学的意识形态功能，会导致其承担许多原本并不属于自己权责范围之内的职责。正是这些意识形态的东西，总是试图让文学走向一条故作深沉和严肃的道路。当然，文学有益于人心教化，有益于人类对梦想和未来的追求，无疑是正确的。但是过于强调文学的意识形态功能，容易导致人们淡忘文学在除却庄重和严肃之外，还有一张轻松活泼的面孔。而这正是文学在不断意识形态化的过程中被人批判，乃至被人遗忘的娱乐功能。

随着新媒体时代的到来，娱乐在某种程度上已经成为这个时代人们精神消费的一个重大主题。从八卦事件到花边新闻，从电影明星到体育巨星，娱乐俨然已成为市民社会里最热门的词汇。同样，活在当下的文学也注定无法逃避被娱乐的命运。尽管文学早就具备娱乐的功能，但是市民社会里无节制的娱乐，还是常常让文学陷入极度的狂欢之中。涌动在汉语言文学文坛中的各种闹剧，几乎让一向严肃的文艺圈演变成了娱乐圈。

2.被泛化的文学

诗意和诗性的逐渐沦丧不仅存在于诗歌当中，在当下的中国传统纯文学中也是一个不可回避的问题。与诗歌的遭遇稍有不同，当下的小说还在艰难的抉择当中。到底是坚守严肃的文学领地，还是走向纯粹的商业化之路，中国文学还无法找到自己的确切定位。无论是作家还是文艺评论家，他们一方面依然对纯文学的传统身份念念不忘，执着于凸显纯文学赖以区别网络文学等通俗文学的高贵血统；另一方面面对文学在当下的严酷现实，他们又不得不时常采取一些具有嫌疑的举动，谋求人们对纯文学的重新关注。

为了应对文学的危机，我国的文艺理论界发生了一次是否将文学研究转向为文化研究的论争。这次争论中，以童庆炳教授为代表的老一辈学者坚决否认文学会走向终结。因为他们认为"文学有属于自己的独特审美场域"，"不论如何边沿化，都永远不会终结"。然而，以陶东风教授为代表的中青年学者却提出截然不同的看法，他们认为当下"占据大众文化生活中心的已经不是传统的经典文学艺术门类，而是一些新兴的泛审美艺术现象"。因此，陶教授提出"日常生活审美化"，在文学研究的领域内进行"越界"和"扩容"，从而使文学研究转化为文化研究。但不管是"日常生活审美化"还是文学研究的文化转向，都反映了我国文艺理论家内心的纠结与复杂。一方面他们为当下文学和文学研究的前途感到焦虑，另一方面他们又没有足够的勇气直面文学的失落乃至"终结"。

（三）从道德的象征到消费的象征

文学从审美创造的艺术作品转型为机械复制的精神产品，使得文学将不再承载意识形态赋予的历史与政治价值。随着消费主义时代的来临，作为文学作品消费端的读者的身份得到了空前的提升与尊重。自此，文学生态领域内由作家、评论家、读者三股力量保持的平衡被打破，消费最终完成了对文学市场的统一。文学生产机构所倾心关注的也不再是文学本身所持有的诗意价值，而是文学作为一种消费品所潜藏的商业价值。文学由作品到产品，再到商品的转变，标志着文学不再是道德的象征，而是消费的象征。

1.消费时代的艺术秩序

物质财富和服务的极度丰盛带给人们的不仅是享受的快捷，更是一场人际关系的变革，它瓦解了长久以来以权力为纽带的人际网络。消费的横行，抹平了过去人们权力关系上的差异，建立了商业社会里以消费为准则的交往秩序。这种新的平衡完全模糊了人与人之间的关系，而唯一得到凸显的是人与物的关系，即消费者和商品的关系。世界上的一切人和物，都能够在这个模式中找到自己的定位。消费就像一张巨大的弥天之网笼罩了整个时代，任何事物都能找到其存在的商业价值。

巨额的经济收益几乎可以横扫一切话语禁忌，它呈现给人们的虽然是赤裸的金钱，但是它留给当局者的却是直白的快感。因此，当代艺术——包括文学在内都无法回避这个最现实的语境。当消费时代真正到来，艺术却无法对抗如此强大的潜在力量，早就沦为精神产品的艺术遭到了再次贬值——由精神产品沦为精神商品。眼下，一个以消费者和商品为核心建立起来的游戏规则，号令了整个艺术市场，并将重建整个艺术领域内的秩序。

2.先锋艺术的"末路"

消费重建的首先是先锋艺术的秩序，使得曾经风靡一时的先锋艺术走向

"末路"。作为中国先锋艺术的代表，摇滚乐曾经在 20 世纪 80 年代引发了一股热潮。但到了 90 年代，指斥时代弊病，挖掘人类心灵，浇筑理想家园的先锋艺术随着消费主义带来的世俗化而化为一场迷梦。在消费时代走向"末路"的先锋艺术还不止摇滚音乐一家，曾被文艺理论界寄予厚望的先锋小说遭遇了同样的尴尬。

造成先锋小说集体溃退的原因是多方面的，其中固然有过于追求形式上的前卫性、反叛性，使得先锋小说更像是西方文艺理论与中国本土语言的嫁接品。但最重要的原因在于，无论是先锋作家，还是曾经给予先锋文学鼓励与支持的文艺评论家，都没有意识到当代中国文学是一种被读者消费的文学。

第三节　网络新媒体给汉语言文学
发展带来的机遇与挑战

汉语言文学专业是中国语言文学类的专业传统课程，以其博大精深的思想、精美纷呈的作品吸引着众多学者对其不断学习、深入探索。不过，随着网络新媒体时代的到来，汉语言文学在学生中的吸引力出现了逐渐减少的趋势，甚至部分相关专业的学生连《离骚》《红楼梦》等经典作品都不能通读。越来越多的人沉迷于网络小说、游戏及影视作品等浅显通俗的文学作品。在网络新媒体发达的时代，玄幻、推理、穿越类小说风靡一时，大众阅读呈浅易化、碎片化趋势。民众受网络媒体的影响，在日常生活甚至正常场合中频频使用此类网络语言，自谓紧随时代，却全然忽视了汉语言文学中的典重、素朴与优雅的一面。

汉语言文学作品要想发展，必须紧跟时代潮流，但在追求先进思想的同时，更加不可以舍弃汉语言文学中蕴含的中国传统的哲学思想、价值观念和美学理想。反观以往的汉语言文学作品，形式丰富、风格多样，既具理论性，又具实用性，充满了发展潜力与传播价值。笔者认为，在网络新媒体时代，要做好汉语言文学的传承和发展工作，必须坚定信念，积极响应国家号召，注重内容与手法的变化，主动适应和影响网络新媒体时代的文学风向。

一、汉语言文学传播者的价值定位

汉语言文学的传播者是具有神圣责任，知晓所肩负的历史使命，定位于民族文化、传统文学的传播者与研究者，其中包括了汉语言文学专业的教师，又不仅限于教师。自古以来，中华男儿从不缺乏匡济天下的雄心壮志，孔子认为士人当"学而优则仕"，宋人张载更是提出"为天地立心，为生民立命，为往圣继绝学，为万世开太平。"此四句即被冯友兰称作"横渠四句"。

随着社会的进步和全球化时代的到来，汉语言文学传播者更多的是承担社会教育功能。在这一点上，笔者认为，应当以中西方宗教界的布道者为学习榜样。布道者坚守信仰，甘于清贫，甚至愿意冒着生命危险，利用各种形式来传播其信奉的宗教，这完全是凭借信仰的力量。立志于钻研和发扬汉语言文学的学者也应当有如此的觉悟，才能在纷杂的世界中坚持己道，做汉语言文学的传播者。孟子所言："天将降大任于是人也，必先苦其心志，劳其筋骨，饿其体肤，空乏其身，行拂乱其所为，所以动心忍性，增益其所不能。"

从现阶段的形势而言，汉语言文学的传播者在底层民众那里没有得到敬畏和尊重，同时也不具备经济上的优势地位，心理上的落差也是在所难免。相对于理工科专业的学者，文科专业的学者会更多地表达对自身清贫生活的哀叹，从而怀疑自身的价值与地位。这种现象的出现，恰恰是这些学者没有认识到自己在历史中的地位与价值，为普通民众朴素的价值取向所左右。中华传统文化及汉语言文学是中国特色社会主义的沃土，是社会主义核心价值的基础和源泉。因此，当一个人选择成为一名汉语言文学的传承者和传播者时，就代表他已经在理想和现实之间选择了崇高的理想，应当有坚实的信仰，即传播传统文化与价值、培育人才、服务民族与社会，不能为现实的金钱与地位所困扰。

二、汉语言文学发展方法的革新

当下的问题是，汉语言文学的传播主要以教学为主，而相关专业的教师大多在强调对知识点的把握，而非对作品本身的理解，导致学生对汉语言文学产生畏惧与厌烦情绪。实际上，汉语言文学博大精深，有诗、词、文、小说四大类型，内容丰富，主要涉及情、景、事、理四个方面，其中更不乏优秀的文学作品，充分体现了古代士人阶层的品格精神，特别是屈原、杜甫、陆游等优秀作家的爱国精神，孔、孟、程、朱的仁义道德，老庄佛禅的超越思想等，这些恰恰是当下社会所缺乏的。通过最近几年媒体所曝光的恶性事件当中，碰瓷讹诈等一系列道德沦丧的事件不胜枚举，让国人对现今的民族文化产生了强烈的质疑。笔者认为，进一步发扬和传播汉语言文学的优秀思想，正是应对这一现象的一剂良方。

在传统的汉语言文学教学中，注重传统文化及礼仪道德的教育是很有必要的。中国目前的社会道德并非儒家及佛老的缺陷，而是对传统道德的背离。例如现如今被越来越多的人所痛恶的闹洞房风俗，早在汉代时期即为士人阶层所批判。仲长统在《昌言》中即批判这种恶俗，"今嫁娶之会，捶杖以督之戏谑，酒醴以趣之情欲，宣淫佚于广众之中，显阴私于新族之间，污风诡俗，生淫长奸，莫此之甚，不可不断者也。"同时，通过文学作品历史背景的介绍，可以使学生置身于作者的处境，对文学作品的认识更加全面深刻。

在现代汉语的发展过程中，因为受到西方文艺思潮影响，部分学者否定汉语言文学中的诗教传统，认为此类作品并不是真正的文学。这种观点貌似有一定道理，却不尽然。正如现代新儒家的代表人物徐复观所言："古今中外真正古典的伟大的作品，不挂道德规范的招牌，但其中必有某种深刻的道德意味以做其鼓动的生命力。道德的实现形式可以变迁，但道德的基本精神则必为人性所共有，必为个人及群体所需要。"

时至今日，汉语言文学的发展又与网络媒体中所出现的种种热点事件息息相关，汉语言文学利用新媒体平台广泛传播，产生了巨大影响，这是传统的纸质媒介所不能相比的。继而，众多学者从各个角度来解构乡土社会，很多文章抒发对乡村社会道德滑坡的担忧，对农民群体精神荒芜的焦虑，而中国传统的儒家与佛教对乡土社会的影响大多是积极的。因此，现代汉语言文学不应回避这些热点，而应积极地参与讨论与思考，这样才能使学生对汉语言文学中的思想有更好的认识，才能真正做到学以致用。

三、新媒体时代网络信息手段的运用

二十一世纪社会节奏加快，科技日新月异，网络新媒体对社会的冲击远大于唐代的印刷术，知识与信息获取的手段与途径更加多样，不再局限于传统的课堂教学。互联网的各类媒体可以提供大量的作品、教学视频，为学生了解汉语言文学提供更多的平台。因此，汉语言文学的发展不应当回避网络媒体，而应把网络看作一个很好的机遇。但作为汉语言文学的学习者和传承者，如果学生不注重课堂教学，没有打好基础，反而容易淹没于互联网中，无法辨别知识的真伪。试举一例，目前学术界已经利用新出土的文献对通行本《老子》进行重新校勘，进而校正了流传千年的错误。我们利用当下国内最流行的搜索引擎百度来搜索，发现很多错误依然没有更正，而学生恰恰在学习过程中习惯使用百度，这样很容易被误导。如《老子》第八章中"上善若水，水善利万物而有争"一句，绝大多数网页中依然是"上善若水，水善利万物而不争"。若无专业训练，学生是无法去辨别区分的，更遑论正确理解。实际上，教师完全可以利用好网络新媒体中的资料，使之成为很好的辅助教学手段。

在网络新媒体时代背景下，课堂与社会、文学与社会的距离变得很近。现代汉语言文学利用网络新媒体可以在社会中产生更加广泛而深远的影响力。传统电视媒体也积极利用自身优势，营造自身的网络平台。汉语言文学借助网络新媒体进一步发展，可以为社会源源不断地培养汉语言文学的爱好者。

第四节 新媒体视域下关于汉语言文学经典作品的新思考

经典是民族文化和知识的结晶，是人类在认识世界、改变世界的过程中积累的智慧沉淀，它承载着人类最基本的价值观念和文化取向。它不仅是哺育一个民族的精神源泉，也是个人安身立命的典册。然而，随着新媒体的迅速发展，时代潮流正逐渐趋于功利化、视觉化以及娱乐化，越来越多的人开始远离经典。在现代汉语言文学的发展探索中，该如何根据人们的欣赏趣味、学习方式的新变化，调整思路、改变方法，以激发当代人对经典作品的兴趣，通过经典作品及其所承载的价值重构当代人的精神世界，已成为汉语言文学传播者急需解决的一大难题。本节将就这一问题展开探讨并尝试性地提出应对策略，以供广大同行参考。

一、新媒体时代中经典作品遭受冷遇的原因

新媒体的广泛应用及迅猛发展，给当代人的学习生活带来巨大冲击。一方面，由于缺乏筛选机制，海量文学作品涌现，鱼龙混杂、泥沙俱下，让人无所适从；另一方面，由于信息量太大、太快，人们无法再像从前那样安静地沉浸在某个作品或文本之中，导致阅读的碎片化、浅显化、娱乐化。消遣性、娱乐性、快餐化的大众文化作品成为主要的阅读对象，而深刻且充满理性的经典作品则被边缘化。中国古典四大名著具有极高的文学价值和研究潜力，如今却被无数读者吐槽为"读不下去"的书。

当代人为何如此冷落蕴含着丰富人文意蕴的古代经典作品？笔者认为，造成这种局面的原因有很多，但究其主要原因，可以概括为两个方面。

（一）从主观上看，学习的功利性使得很多人认为汉语言文学中的经典作品"无用"，因而不愿意投入精力深入学习

通常来说，人们自觉主动地去学习某门知识，多是因为对其有兴趣或认为其对今后的工作、学习、生活等有较强的实用价值，而对于认为无用或没有太大作用的知识，人们往往不容易产生学习的需要以及相应的行为方式。当前整个社会的浮躁、功利又加重了人们的这一学习动机，很多人的需求是了解能够马上解决眼前问题的信息，而学习经典名著不可能获得如此快捷而实用的效果。笔者发现，莫说是其他人，就连很多汉语言文学专业的学生对汉语言文学中的经典作品都缺乏兴趣甚至还存在厌恶情绪，其中一个非常重要的原因就

是，在这些学生看来，学习这些作品，无非是使他们多了解一些中国古代文、史、哲方面的内容，与当前的社会生活以及未来的生存发展没有多少关系，学而无用。

然而，汉语言文学经典作品真的是"无用"的吗？在笔者看来当然不是。

经过历史的考验和无数代人的传承，流传至今的汉语言文学作品无不是经过岁月沉淀的经典之中的佼佼者，其中所蕴含的优秀人文思想、审美情趣、生活态度对塑造当代人良好的精神品质等具有潜移默化的促进作用。不仅如此，作品中所涉及的表情达意的方式方法以及语言运用的特色等对提高人们的语言交流、沟通能力也具有重要意义，而这又会直接对人们的生活、学习、工作等产生重要影响。只不过，经典作品的这些功能对学子的成长、成才、就业的影响往往是"润物细无声"的，不像专业课以及各类证书那么直接，所以很多人一般感觉不到它的功用。

（二）从客观上看，时代的"隔膜"以及传播效果的不如人意影响了人们对经典作品的"兴趣"

究竟是什么原因让中国古典四大名著被吐槽为"读不下去"的书？其中一个非常重要的原因就是名著与当代读者的"隔膜"，语言晦涩、叙事繁杂，再加上高深的哲学意识与不同的时代背景，客观上也构成了阅读障碍。且不说古代的经典作品，就连许多近代名家的著作，如鲁迅先生的《狂人日记》，与今天的汉语言相比，不仅在语音、语法等语言内部要素上发生了巨大改变，其所反映的外部事物也都发生了极大变化。因此，后人在学习前人作品时往往会遇到不少语言文字方面的障碍，尤其是伴随着新媒体的迅速发展以及通俗文学、大话文学、流行歌曲和偶像剧等大众文化、消费文化的广泛传播，当代人更习惯于通俗化和娱乐化的话语表达方式，经典作品当中陌生而晦涩的语言，自然很难激发起他们的阅读兴趣。

由上述观点可见，"无用"和"无趣"成为很多人对汉语言文学的最直观印象，而这种印象又从心理上影响了人们对汉语言文学的学习兴趣及学习动机，加深了人们对汉语言文学的疏离。

二、新媒体视域下经典作品传播的新思路

当今时代，不仅是一个功利化、实用化的年代，还是一个媒介化、视觉化的年代，在这样的时代中，汉语言文学的传播者更应该大胆革新、善于包装、善于调味，使经典作品变得"有用"及"有趣"。

（一）关注古代经典作品的当代性与应用性

经典之所以成为经典，是因为它具有内在的"真理要求"，具有超时间、跨地域的永恒价值，其生命力在于持续不断地引起当下读者阅读的兴趣，持续不断地对当下情境中的读者发挥作用。

因此，汉语言文学传播者在向他人讲授这些经典作品时，除了要关注其所蕴含的优秀的人文思想、进步的审美观、表情达意的方式方法、语言运用的特色，更要研究其当代性，包括文化的当代性、道德的当代性、情感的当代性、审美的当代性等，按照时代的已经变化了的精神、心理、人情风俗来理解经典、认识经典，对经典进行继承和创新，只有这样经典的精神财富才能永恒与不朽，当代人才能继续对经典充满信心，经典才能成为当代人生命的源泉。

不仅如此，对于经典的解读，还需要贯彻古为今用的原则，关注其与当下现实生活之间的内在关联以及对当代人工作、学习、生活、处事等方面的启示意义，这样才更能引起人们的强烈共鸣，调动其兴趣。例如，通过对杜甫《又呈吴郎》中诗人"堂前扑枣任西邻""只缘恐惧转须亲"等行为的解读，不仅

要让学生学习杜甫"仁者爱人"的伟大精神，还要让学生学习其如何在维护弱势群体自尊的前提下对他们进行帮助的高尚行为。而"即防远客虽多事，便插疏篱却甚真"中所蕴含的委婉含蓄的劝说艺术，对当代人在工作、学习、生活中的语言表达又具有重要的借鉴意义。

（二）依托现代教育技术，优化经典作品的传播效果

现如今的 90 后、00 后，甚至是 10 后，都是随着新媒体的发展一同成长起来的，作为"屏幕人"或"网络人"，游戏化、图像化的世界，轻巧、有趣的表达，大话式的网络语言是他们熟悉和热衷的，冗长的文本、艰深枯燥的语言往往令其望而生畏、兴趣索然，甚至拒之门外。面对新时代的新新人类，传统的"一张嘴、一本书、一支粉笔、一块黑板"的教学方式已无法引起他们的学习兴趣。这就要求教师针对当代年轻人的学习、接受习惯，与时俱进，依托现代教育技术，不断地优化汉语言文学的传播方法。例如，现代教育技术中的多媒体课件，能将文本、图形、动画、音乐、声音、图像、视频有机融为一体，切合在新媒介环境中成长起来的大学生的接受习惯，如果精心制作的话，能够极大地激发学生的学习兴趣，达到事半功倍的教学效果。在讲解古典诗文时，美丽的画面配上合适的音乐，不仅能有效地展现诗歌所蕴含的意境氛围，而且会对学生的视觉感官和听觉感官产生强烈的冲击，使学生在婉转美妙的音乐中体会作品的文字之美、意境之美。在讲解古代小说戏曲时，选取影视中重点片段，让学生与原著进行对照，不仅可以加深学生对作品的理解，还能够提高学生研读作品的兴趣。如《聊斋志异·婴宁》一文，尽管这是一篇文字优美、故事生动的小说，但由于语言文字方面的障碍，在阅读文本感知人物形象时，依然有不少学生因为没有读懂课文而茫然无知。通过对电影《婴宁》中王子服遇婴宁、寻婴宁以及婴宁严惩西邻子等片段的播放，学生很容易就能把握婴宁天真活泼、憨态可掬、聪慧狡黠的未经人世浸染的自然本性，了解这种天性随着

婴宁走出山谷投入人类社会、由自然人变成社会人、为顺应社会礼法而逐渐失落的过程,感受到作者对人间真情的赞颂、向往及对封建礼教压抑、摧残人性的痛心。

虽然多媒体教学比传统课堂教学更加丰富多彩,信息量更大,能有效激发人们的探索兴趣,优化传播效果,但在经典作品的传播中,过多地使用多媒体,尤其是声音、画面等直观手段,也容易使人们的思考力、想象力受到限制。因此,在经典作品传播的过程中,传播者必须避免对多媒体的盲目依赖,适时、适度、适当地运用。多媒体只是其中一种辅助手段,传播者应与传统手段和个人特色有机结合、优势互补,充分发挥经典作品传播的综合效应。

(三)建立开放性理念,充分发挥学生的学习主体性

开放性是新媒体的一个重要特征。在媒介环境下,汉语言文学的传播也需要建立起一种开放的传播理念。传统的汉语言文学传播方式只能依赖课堂,以传授知识为导向。但现在,只要有一部智能手机,百度一下就能搜索到需要的知识,几乎所有的问题都能通过网络找到相应的答案。当前,智能手机几乎已普及。在这种情况下,与其故步自封,不如顺势而为,在延续传统的汉语言文学课堂传播方式的同时,将教师讲授与学生自主学习相结合,引导人们去关注网络中丰富的汉语言文学信息。

另外,汉语言文学的传播不应该再局限于传统课堂里。近年来,随着信息与通信技术的迅猛发展,微课、慕课备受瞩目,尤其是微课,短小精悍,符合当代年轻人时间碎片化,难以进行长时间学习的情况。汉语言文学传播者应该积极把握和运用网络新媒体技术,通过 QQ、微博、微信等新媒体提供的各种新鲜、活泼的交流方式,交流资料、探讨问题,构建网络学习共同体,丰富汉语言文学的传播内容。

（四）运用故事化、娱乐化的文学语言，迎合当代年轻人的欣赏趣味

随着新媒体技术的迅速发展，在媒介化、视觉化时代中成长起来的 90 后年轻人和 00 后大学生，在接受信息时，大都会避开难懂、难接近的东西，选择很快、很轻松能搞懂的知识信息。浙江工商大学曾对杭州 16 所高校的学生的阅读状况进行调研，发现 78% 的学生认为阅读经典很重要和比较重要，但阅读率并不高，其中语言晦涩难懂、内容与时代脱节是大学生拒绝阅读的主要原因。相反，当代年轻人对那些以经典为蓝本，运用改写、反讽、戏谑、调侃等手段进行"去经典化"的节目或作品却十分热衷。这也说明当代年轻人并非不喜欢汉语言文学经典，只是他们更愿意在轻松、娱乐的情境下接受经典。在当前这样一个"娱乐至上"甚至"娱乐至死"的社会语境下，一切都难逃被娱乐的命运，包括汉语言文学。因此，当代的汉语言文学传播者要秉承兴趣原则与亲近原则，使文学语言故事化、戏谑化、娱乐化，化重为轻、化难为易、化艰深晦涩为网络流行，贴近当代人的生活、趣味，使人们在愉悦的状态中完成对经典作品的解读。

中国汉语言文学经典作品是传承优秀传统文化，对当代年轻人进行人格塑造、陶冶情操、净化心灵、审美教育的重要载体。学习经典不仅关乎当代年轻人个体的成长，更关乎整个中华民族的未来，而拒绝经典，受害的不仅是个人个体，更是我们的社会和民族。在新媒体视域下，只有在对当代年轻人的思维方式、欣赏趣味等深入研究的基础上，大胆改革教学形式和方法，主动适应年轻人的接受习惯，才能使当代年轻人热爱汉语言文学及其经典作品，传承文化、陶冶情操、提升人格、净化心灵。

第五节 "新媒体＋传统"汉语言
文学发展探析

计算机技术和互联网技术的不断发展和完善，为汉语言文学的发展提供了全新的道路，使汉语言文学的表现形式更加丰富，内涵理念更加深刻，传播速度更加迅速，发展前景更加多样。如果能够正确运用好网络新媒体技术，可以有效激发当代年轻人对汉语言文学的兴趣，使汉语言文学的发展突飞猛进。但是，计算机、网络与传统的教师口语、板书、辅助卡片等汉语言文学传统的传播方式一样，都属于"工具"的范畴，没办法代表时刻进行思维活动的、鲜活的生命体验。这也就代表着，汉语言文学传播者在将网络、书籍报刊上面搜集来的文学资料进行罗列后，如果没有进行综合分析、去粗取精和心灵加工，而只是将之作为眼前的资料以遮掩耳目，就会出现不利于汉语言文学发展和传播的诸多问题。例如：海量的汉语言文学资料无所统属，汉语言文学作品的演绎将失去审美和哲理的思想统领；汉语言文学作品的内容表面上数量极大，那么汉语言文学的质量就无法得到保证；汉语言文学作品的鉴赏过程被大大缩水，抽象的结论充斥于网络当中。以上这些问题是新媒体条件下已然出现且必须解决的问题。笔者结合一线教学体会和了解，对新媒体条件与传统教学方式结合问题进行探索分析，以期对汉语言文学的进一步发展研究有所裨益。

一、工具与思想的结合

自从人类产生那一刻起，能利用工具是人与动物相区别的必要条件之一。工具是人类眼、耳、肢体等自身生理条件的延伸，是他们生存智慧或思想的体现。原始人类为了生存而创造工具，而当人类文明发展到一定程度，于生存目的之外，人类在不断的物质和精神需求推动下，为了提高劳动生产率，而不断改进和创造新的工具。创造的思想始终是工具产生和被利用的前提。在人类历史上，只有当工具异化为某种反文明的思想，即工具服务于某些人的自私目的，而被迫沦为思想本身时，工具才等同于思想。

就汉语言文学的发展和传播来说，传统上以教师的讲授为主，中国汉语言文学以教师为主体，坐而论道，教师"逼迫"学生将经典篇章背诵下来，以高高在上的姿态将自己认为正确的思想传授给学生。这种教学方式虽也有启发式的引导，但总体上缺少对知识实时的理解，需要在以后的求学和实践中不断体会和领悟。但是，今天看来，古代学者对文学经典的钻研和理解，未尝没有对教学内容中某种思想的直觉体验。再将目光转向现代，汉语言文学传播者除了以口语讲授，还可以配合精美的板书、丰富多彩的卡片以及传播者本人对内容的生命体验，以或高雅脱俗，或醇厚深刻，或潇洒不羁的仪态，以作品内容为中心，将某一类型的思想人格展现给学习者，促成双方互动，这样，包括审美愉悦、人格熏陶在内的"思想"成为汉语言文学传播的后盾，这未尝不是一种有益的人生体验。

然而，如今利用网络和计算机，大量内容能从网络上直接查找并进行粘贴，配以图片、网上诵读等音频资料，扩宽了汉语言文学发展的渠道，但同时又缺少了对文学内容的深度综合、深刻分析和深入思考。

因为网上的资料量大，人们在阅读时有意或无意间就会对其形成依赖，在很大程度上变成电脑的奴隶，一旦离开它，不仅文学探索几近无法进行，甚至连文学阅读和文学创作也成了问题。笔者就有这种体会，常年用电脑写字，有时候因为某种"空闲"的机缘，突然想要自己手写，就会有想写但不知如何写的停顿。因为形成了对新媒体工具的依赖，思想也懒惰了。

从辩证的角度看问题，工具与思想是相对的。现代科学技术带来工具的超前发展，这是思想的极度繁荣。但是，传统文学学习方式中那些看来"原始"的、"过时"的，甚至笨拙的工具，也许对我们锻炼"思想"的敏锐度极有好处。工具的超前发展也有可能助长工具的异化，造成"思想"在某种程度和某些方面的萎缩。说到此，不禁让人想起古代关于"道"（性理之思想）与"器"（实现思想之事功）问题的操作，南宋事功学者之所以一反大思想家朱熹所强调的"道"，转而在"义理"基础上突出"事功"，即"器"，是因为南宋面临抗金复国的艰巨任务，理学家空谈"义理"，过分强调"道"，要求在人心性足以纯正之后再谈恢复"事功"。而当今社会，在一切都受制于"器""工具"，即网络新媒体的时候，现代汉语言文学的发展更应该思考如何使"思想"重新鲜活的问题。

有鉴于此，现代汉语言文学的发展是否应在某种程度上重视某些传统方式的回归，提倡新媒体条件与之结合。工具只是工具，不能代替人的思想的加工。正所谓"批判的武器不能代替武器的批判"。古人在论述工具与思想的关系时曾说过："筌者所以在鱼，得鱼则忘筌；蹄者所以在兔，得兔则忘蹄；言者所以在意，得意则忘言。"筌、蹄、言是获得鱼、兔、意的工具，而不是鱼、兔、意本身。新媒体与网络只是我们发展汉语言文学的工具而已，并不是文学本身，我们应适当使用，而不是被其使用。

二、数量与质量的结合

汉语言文学的发展和传播，既要满足一定的"量"，又要确保文学作品的"质"。我国汉语言文学知识浩如烟海，是不可能在短短几年的义务教育中就能把所有的知识都见全、看透的。正是因为汉语言文学的博大精深，所以更应该对其质量严格把控。

人们在初次接触汉语言文学时，面对大量且复杂的文学资料，根本不知道应该从何处去下手，这个时候，就需要有"前辈"出面引导。优秀的汉语言文学传播者能以简驭繁、以少总多，将自己掌握的信息进行高度概括，并以通俗易懂的方式加以升华，如果确是精华，就会给初学者更多指点，这倒不失为一种使数量与质量相统一的方式。

在多媒体条件下，我们更能利用这些新工具，提高汉语言文学发展质量。但是要谨记，网络只是我们用来收集和传播汉语言文学的工具而已，不能让"工具"代替人类自身"活"的灵魂。网络中各类文学作品良莠不齐，对于从网络中搜罗来的文学资料、信息，如果没有进行去粗取精、去伪存真的增删取舍，就无法将汉语言文学的优秀内容发扬光大，恰恰相反，甚至还会对汉语言文学的发展产生不利影响。

对于汉语言文学的发展来说，在利用多媒体尽量搜集和传播更多的作品的基础上，我们迫切需要一种"窥斑见豹""见微知著"的方式，将多媒体提供的文学精华与传统文学教学的精华思想加以结合，在知识性、趣味性和人格伦理、思想情操上，对汉语言文学进行更加深刻的挖掘，在不断增加汉语言文学作品数量的同时，保证质量。

做一件事情，俗语有"一招鲜，吃遍天"的说法，这当然谈的是掌握一门技艺的质量。那么，从为学来说，孟子曾言："博学而详说之，将以反说约也。"

在获得广博知识的基础上，细致地探究，最终还要进行总结工作。为学既要广收博取，注重数量，又要精择专一，务求精熟，最后才能达到简约精要。而这精择专一的功夫（"详说之"），就是通过对局部知识的深入学习，在吃精吃透后，才能简约精要（"反说约"）的要求。古人对汉语言文学的理解和推广，向来注重"小学"方面的积累。例如，朱熹虽然讲义理，但是他对训诂和音韵也相当重视，作有《楚辞集注》《四书集注》，其精深简洁的义理训解，也是以这些细部的精深了解为基础的。从宋儒到清儒，虽有义理和考据的侧重分别，但对作品基本知识的精深理解是基础。因此，我们要想获得真正的文学质量，就要将新媒体中的求数量与传统教学方式中的求质量适当结合。

三、鉴赏与研究的结合

在现代汉语言文学的发展历程中，向来存在传统发展模式重鉴赏和新媒体发展模式重研究的两种趋向。在现代汉语言文学发展中，新媒体发展模式充分利用了多媒体提供的渠道便利，将诸多作品鉴赏示例充实到网络媒体当中。应该说，多媒体手段大大有利于文学作品的创作和传播。但是，在新媒体发展模式下，对传统教学模式中重视的作品鉴赏过程，是有所忽略的。如果只是一味地创作文学作品和传播文学作品，却忽视掉文学作品中的鉴赏价值，就无法对汉语言文学的发展和传播起到太大作用。

在现代汉语言文学传统发展模式中，通常以常识性的作家、作品知识鉴赏为重点，进而以感性的火花引领理性的探索，以鉴赏带研究，以质量换数量，这是其优点。这种发展模式可造就教学型教师，进而出现一部分教学、研究能力兼长的教师，为汉语言文学的发展和传播作出贡献；新媒体发展模式欲以数量换质量，遵循从量变到质变的哲学规律，但对从量到质的飞跃过程重视不足，或者说是无能为力。从客观效果来说，新媒体发展模式更侧重数量之多和创新性的研究结果。新媒体条件下的汉语言文学发展，客观上出现研究型教师的比例可能较大。

现代汉语言文学的发展，应探索传统重鉴赏和新媒体重研究的有机结合，从而进行创新性的研究，要在掌握基本的汉语言文学常识和研究基本技巧的基础上进行。如果基本知识、基本技能都不具备，那么进行的研究很可能是肤浅的，甚至是蹩脚的。要想更好、更深入地去鉴赏作品，也需要新媒体条件提供的大量资料，才能使鉴赏品味建立在较为科学的基础上。

总之，在网络新媒体条件下，我们在充分利用其便利，搜集和发布汉语言文学作品的同时，应该将重点放在对文学作品的分析和解读上，将新媒体条件与传统方式进行适当结合。用生命进行加工，才能有所感悟，才不会沦为工具的奴隶。在作品内容研究上，应该以尽量少的解读量达到感染、引导当代年轻人去进一步探索，从而以少御多的目的，而不是将新媒体信息量大的优势异化为缺少主体心灵体悟的电子死板。同时，还要将鉴赏与研究结合起来，使汉语言文学研究既有感性的鲜活力量，又有进一步深入人心的后劲。

第七章　汉语言新文学的
存在与探索

第一节　"汉语新文学"概念
与金庸研究

面对金庸小说，无论是狂热的崇拜者还是偏激的反对者，都不会否认它在世界范围内的巨大影响。事实上，几乎所有的肯定者与否定者，都往往着眼于金庸作品的巨大影响力。有人曾经套用"凡有井水处，皆能歌柳词"的古话，比喻金庸小说的这种影响力，说是凡有华人的地方皆有金庸小说的流行。如此影响巨大的小说在发展不足 100 年的汉语新文学史上出现堪称一个奇迹。面对这样的阅读奇迹，歧见是必然存在的。汉语新文学的视角可以解释这些歧见产生的理论和观念背景，进而为消除这种种歧见提供学术准备，更重要的是可以规避意义张力对学术评判的不良影响。

一、中国现代文学史学评价中的意义张力

只有特色非常明显的作品才会像金庸小说那样，造成批评意见的极大悬殊。褒之者从文学史的意义上将其推许为"一场静悄悄的文学革命"的成果，属于"一个伟大写作传统的复活"，认为之于 20 世纪的中国文学史具有典范

的意义："他真正继承并光大了文学剧变时代的本土文学传统；在一个僵硬的意识形态教条无孔不入的时代保持了文学的自由精神；在民族语文北欧化倾向严重侵蚀的情形下创造了不失时代韵味又深具中国风格和气派的白话文。"因此，有人将金庸与鲁迅、沈从文、巴金等并列为 20 世纪中国文学大师，排列在老舍、郁达夫等之前，甚至茅盾这样的文学家还不在此列。

贬之者则认为金庸小说属于"胡编乱造""粗制滥造"之列，许多论者将金庸视为妖孽，斥为野狐禅，更有将其归为祸国殃民者："为了赚钱，只顾趣味，不顾文学，严格说来，制造了大量文学垃圾，造成了中国文学空前的灾难。"

无论是褒是贬，都有相当的理由。文学既是阅读与欣赏的对象，也是研究与批评的对象，因此越是像金庸这样有影响力的著名小说家，越是容易引起不同的批评和充满争议的评价。文学欣赏各有各的喜好，各有各的口味，相互之间不应该彼此勉强，甚至不应该彼此影响。从这个意义上说，所有的批评都值得尊重。当然，各种批评意见能够得到怎样的认同以及何种程度的认同，那是另外的问题。就文学欣赏而言，对金庸小说如痴如醉的态度值得赞赏，像王朔那样宣称"实在读不下去"的说法同样应该尊重。就文化定性而言，好之者将金庸小说定位为极其高雅的文学建树，认为金庸小说属于"文学史上光彩的篇章"，甚至与民族文化建设的宏大目标联系在一起，说"金庸是当代第一流的大小说家。他的出现，是中国小说史上的奇峰突起；他的作品，将永远是我们民族的一份精神财富。"而另一些人则坚持认为金庸小说就是"高级通俗小说"，是"高等文化快餐"的产品与供品，甚至是低俗的东西。这些定性都不无其道理。

不过，就学术研究而言，富有学理的批评更容易得到认同。对于金庸及其小说这样已经成为汉语文化圈中的一种文化景观，成为汉语新文学史上一种文学现象的对象来说，"捧杀"和"棒杀"的心思可能很多人都会有，"捧杀"和"棒杀"言论的出现都非常自然，但"捧杀"和"棒杀"的可能性却已经接近于零。在这样的情形下，回归批评的理性，从学理层面对金庸，对金庸小说及其衍生的文化和文学现象作学理的论析，将更容易得到历史的和文化的认可。

围绕着金庸的批评论争，大多都体现出上述这样的学术自觉：除了一些只谈感想好恶的"定性"式的言论，批评言论都相当普遍地从文学史的角度展述其文学贡献，或者进行文学定位。将金庸和金庸小说与"20世纪中国文学"联系起来的文章题目占有相当的比例。誉之者将其称为"20世纪中华文化的一个奇迹"，是"中国小说史上的奇峰突起"和"我们民族永远的精神财富"；棒之者也称其为"中国文学空前的灾难"，将金庸及其小说与宏大的历史建立起了某种必然的联系。

这种巨大的反差给学术界带来了某种尴尬。一方面将金庸的作品作为本民族永远的精神财富，以及一定时期文学史上的"奇迹"；另一方面则将金庸的作品作为祸国殃民的文化灾难源体。这样的反差不仅会导致外界产生文学研究界标准混乱、任性而为的不良评价，也会让文学研究后来者感到左右为难，无所适从。

我们的研究者都习惯于从国家、民族的宏大立场审视和界定文学现象和文学作品。这正是"中国现代文学""中国当代文学"以及"中国文学"等概念所暗示的文化结果。如果进入具体的文学史研究，"中国现代文学""中国当代文学"中的"中国"很可能被非常自然地理解为一种空域范畴，尽管这种空域范畴仍然面临着太多的问题。例如，这些概念在通常的文学史学术操作中并未将台湾、香港和澳门等中国空域包括进去，自然也就会将海外的华文写作，哪怕是非常"中国"的那一类，从学理上排除在外。更重要的问题是，在对某些文学现象进行批评和对某个作家的作品进行评价的时候，当我们的思路和学术论述与"中国"现当代文学联系起来之际，"中国"这个概念的空域意义往往就会退居其次，而其所代表的意识形态意义会突然凸显。这体现出讨论对象的具体性与国家民族话语的宏大性之间的巨大悬殊所造成的意义张力。即便文学家及其作品的地位再突出，与国家、民族等宏大话语之间都无法构成对等的学术关系。但我们的研究者出于某种习惯将这两个地位悬殊的话语联系在一起谈论的时候，巨大的意义张力便开始作用，国家、民族的意义就远远超出了它们的本义，比如说空域意义、种族意义，而获得了意识形态的特别色彩，甚至渗透出意识形态的话语霸权。

金庸的小说创作不过是在传统文化的深厚包装中，展演了现代人的精神体操、想象游戏，充满着娱乐的快意，体现了现代汉语文字的弹性及其表现力，满足了文化传统沿袭下的一种阅读习惯，其成功在于一度形成了汉语文学世界的阅读中心和兴奋点，在于巨大的文化市场号召力，在于为当代文化增添了一个富有魅力的话题。所有这样的建树都应该放置在文学和文化的范畴内加以认知和评价，一旦与中国的国家情怀，甚至人类意识结合在一起，就必然面临着怪诞的变形，因为它被注入了本来就担负不起的意义张力。所有对金庸武侠文学褒贬过度的评价，无一幸免地都在自觉不自觉地受到这种意义张力的干扰。

二、汉语新文学视角对意义张力的规避

意义张力会在文学认知和文学评价过程中对研究对象起某种怪异变形的作用，而使用中国现代文学之类强调国族意识的概念，由于其研究对象的具体性与概念中包含的国家民族话语的宏大性之间的巨大空隙，又必然会形成这样的意义张力。何况，在特定时代培养出来的学术思维习惯，特别容易从国家、民族、未来、永恒等宏大视角看待任何文学与文化现象。因此，面对金庸小说这样的文化特征相当明显、文学品质相当稳定的研究对象，应该设法超越这样的学术思维惯性，避开国族意识的暗示及其可能产生的意义张力。汉语新文学

的视角将研究的重心由国族意识自然而然地转移到汉语成就方面,可以有效地实现这样的超越与规避。

汉语新文学是指用汉语写作的所有新文学作品,或者通过汉语运作的所有新文学现象,它最大限度地包含了习惯上表述的中国现当代文学、台港澳文学和海外华文文学的所有内容,并且自然地拆除了横亘其间的人为屏障。"汉语新文学"概念与其他相关概念相比较,避免了国族概念所预设的政治阈限,避免了由这种政治阈限带来的歧异与纠结,更规避了国族意识所必然产生的意义张力对学术评判的干扰。汉语新文学是经过空间拓展的中心概念,它本身并不意味着任何标准和品质,其中心标志是汉语的语言性质和新文学的基本素质。汉语当然不仅仅是语言,它更承载着与之相关的所有汉语文化的全部信息及其意义。当代社会文化学的知识告诉人们,一种社会文化的凝聚力主要体现在同一语言共同体的语言向心力方面。也就是说,语言是连接一定文化心理的基本要素。这就意味着,用汉语阈限原来人们习惯于认知和表述的中国现当代文学,并不会失去汉语所承载的文化信息及其意义表达的权利。另外,新文学是新文学创造者的概念选择,它带着新文学运动的原始记忆,体现着新文化运动中形成的伟大文学传统的基本脉息。

如果说"现代文学"可以而且应该体现这段文学史的时代涵括力,也就是说,必须提示研究者将所有发生于这一时期的所有文学现象都涵括在内,就"中国"这个范围而言,它既包括汉语现代文学,也包括少数民族语种的现代作品,那么,"新文学"在强调与"五四"新文化运动密切相关的新的文学传统的同时,就可以不必对它所不能负责的其他语种的现代文学担负起学术阐述的责任,因为它毕竟只是汉语新文学,而不是中国现代文学。

在汉语新文学的意义上讲论金庸及其小说,才可以避开国族意识所必然唤起的意义张力,从而在汉语文化的最一般的概念范畴分析其价值。金庸武侠小说脱胎于传统武侠文学,带着传统文化的厚度与穿透力,但无论从语言形态还是从文化观念、历史观念和人生观念,都体现出新文学的文化传统和相应魅力。沿袭着武侠文学的市民文化消费的趣味特性,金庸小说在汉语新文学文化市场的拓展方面,以及在对新文学读者阅读口味的重新开发方面,都建立了不朽的功勋。

从这一角度来看,刘再复对金庸价值的概括较为容易接受。他说金庸"真正继承并光大了文学剧变时代的本土文学传统,在一个僵硬的意识形态教条无孔不入的时代保持了文学的自由精神,在民族语文北欧化倾向严重侵蚀的情形下创造了不失时代韵味又深具中国风格和气派的白话文"。这是从语言和言语文化,从作家的创作心理和新旧新文学传统等高度体现文学规律的内质因素考察和评价金庸小说的较为公允之论,所切中的是汉语白话文和新文学及其传统的关键词。当然,刘再复同样没有意识到"汉语新文学"作为学术概念在认知和评价金庸作品方面的优势,他依然沿着"20世纪中国文学史"的既定概念评估和阐述金庸,于是仍然避免不了意义张力的干扰和侵袭,将汉语白话文的金庸风格概括为"中国作风"和"中国气派"的崇高品质。

这个典型的学术范例表明,诸如"中国现代文学""20世纪中国文学"这样的国族意识非常突出的学术概念,在用于具体作家作品等微观对象的评价与分析之际,必然挥发出对学术判断有碍的意义张力,从而出现意识形态化的痕迹。

在汉语新文学意义上研究金庸及其小说,才可能让金庸回到他原来创作这些小说时的心理状态和文化身份,将他还原为一个文人、一个文化人、一个文学阅读机制的成功营构者、一个文化市场的成功开发者。他运用的是汉语,凭借的是新文学的构思体式和新文学的思想文化传统,同时合理地利用了传统文化中极富魅力的因素。他所有的成功和成就都不应在国族意识上作意义扩张,那样的结果势必让他成为时代的文化英雄,当他负起时代文化英雄的盛名的同时,责骂与声讨必然随之而至。遗憾的是,几乎所有精彩的和杰出的金庸研究,包括对金庸小说的褒扬与贬抑，都是在中国现代文学或 20 世纪中国文学的概念框架下和历史语境中研究和评价金庸作品，这样的历史感是非常必要的，但国家概念所具有的天然的国族意识，其所酝酿的意义张力会自然地削弱研究与评价的学术理性色彩，从而使原本在学理轨道上运行的学术评价演化为意识形态色彩较浓的价值论定。这是造成金庸作品在文化意识形态意义上被过度抬高或被过度贬低的根本原因。

就金庸研究而言，离开了汉语新文学或者类似的视野，就很容易落入国族意识及类似宏大语境对金庸作意义张力的推崇或贬低。在金庸研究中，有些学者确实成功地绕开了中国文学的价值定位，但仍难避免在民族语境下作意义张力的推贬。周宁发表于 20 世纪 90 年代的论金庸的文章影响较为广泛，原因可能是他的视野比其他论者更为宽阔，他超越了中国的语境而将焦点锁定在金庸与全球华人的关系，他看到了"金庸和以他为代表的武侠小说在当今华人世界拥有了那么广泛的读者"，更看到了"每个读者都以个人的形式——阅读来参与这个属于全体华人的民族精神仪式"，于是得出"金庸武侠小说是现代华人共同的神话"这样的结论。既然金庸用幻想构成的武侠世界已经是"一个相对自足的意义世界"，再将这个意义世界说成"现代华人共同的神话"就难免夸张。这样的夸张仍然与意义张力的作用有关，而这个意义张力产生于金庸及其小说这样一个具体的微观对象（无论它拥有多么巨大的读者群，其意义世界是自足的）与世界中华民族这样一个宏大概念之间的巨大落差。

即便不从国族意识及其相关语境出发，也还是比较容易落入意义张力的夸饰或苛责之中。这样的夸饰可能通过将金庸与其他具有宏大话语价值的对象相提并论而形成。鲁迅虽然与金庸一样属于具体的研究对象，但是长期以来他又被视为新文化运动和新文学创作的主要代表人物，是中国现代文化和文学的标志性符码，在几代中国人的心目中早已经从一个作家演化为一个时代的民族文化英雄，甚至是民族精神的教父。更重要的是，鲁迅以一个非凡的思想家和深刻的社会文明批判家的姿态，为现代中国文坛和文化界贡献了无比丰厚的思想遗产，这些思想遗产长期以来已经积淀为几代中国人离不开的精神资源，他的伟大批判功绩也形成了中国现代文化的一脉重要传统。正因为鲁迅不仅仅是中国现代文化英雄，还是中国现代文化的精神资源，是现代文化传统重要一脉的开创者，因而在与其同时及此后的所有其他文化人和文学家中，能够被擢拔出与鲁迅相提并论或构成比较者寥寥无几。同样的道理，由于鲁迅事实上已经进入现代汉语文化的宏大语境并成为关键词之一，任何一位试图与鲁迅进行比较的研究对象都可能受到意义张力的扰动，故而所有的这种比较都可能显得不伦不类。于是，有的研究者将金庸话题与鲁迅联系起来，说"在金庸小说中，存在着无可辩驳的深层次的鲁迅精神的影响"，"这种影响表现在对英雄人物的塑造，对个性解放要求的追求和对'吃人'文化的批判方面"。虽然言之有理，但仍然存在意义张力的痕迹，仍然会在人们的学术理解和学术接受方面造成挫折感。

关键是为什么要将金庸与鲁迅联系起来进行评价？这实际上因循的还是20世纪文学大师排名的思路，从整个世纪、整个中国、整个民族的宏观语境定位金庸及其小说的影响。鲁迅显然无可争议地被视为中国现代文学最杰出的缔造者和领导者，是中国现代文化精神资源的象征，任何一个需要在中国现代文学和文化这一宏大视野中显示地位的对象，自然都需要与鲁迅建立某种学术联系。然而，与宏大语境重要关键词的学术联系必然导致意义张力的冲击，热爱金庸作品的研究者往往在这种意义张力的作用下反而误了金庸。在文学的百花园中，鲁迅、金庸用汉语写作新文学，都在各自的轨道上成为汉语新文学的写作典范，实在无须建立某种勉强的学术关系。

正是在这样的意义上，那种坚持将金庸放在通俗文学的范畴内所进行的研究虽然文学理论观念方面的确不够新潮，但比那种试图消除雅俗文学之界限，从而把金庸小说甚至所有武侠小说都放置在雅文学、纯文学的意义上进行评价的方法和思路，似乎更能够维护金庸文学的特性、魅力和价值，学术评估也较容易为人接受。这就要求研究者跳脱中国文学或中华文学的宏大思维框架，从白话文学和新文学建设，也就是汉语新文学的具体视角评论金庸的创作。汉语新文学视角与其相应的概念相一致，有效地消除了宏大思维的引领、规约和暗示，可以让金庸这样的研究对象在独立价值的语境中展示其普遍意义，在平朴寻常的理论中显示其非凡水准。

三、汉语新文学之于金庸研究的可能性

由于较为普遍的思维习惯的作用，以及"中国""中华"等概念所指和能指的文化寓意的影响，在中国现当代文学史或 20 世纪中国文学史的学术平台上研究金庸，都难免受到意义张力的干扰，从而对研究对象产生过度评价的现象。金庸已经是汉语文化阅读圈中最明显地被广为接受的小说家，对他的"棒杀"显然达不到"杀"的结果，但对他的"捧杀"很可能造成"捧坏"的情形。许多对金庸及其作品过度指责的言论其实就来自对其意义过度拔高的反弹。有鉴于此，需要引入汉语新文学或类似的学术平台，免除国族意识的激发与暗示机制，避免不必要的意义张力的负面影响，让金庸研究和对金庸小说的评价回到学术理性的格局。可以想象，这种规避了意义张力侵扰的研究对金庸及其小说会相当有益。

汉语新文学天然地包含着文学传统和文化传统的成分，强调中国新文学传统的巨大辐射力、穿透力和影响力，但是它的定义所面对的是其他语种的文学，是在世界性意义上对自身语言文化品格及魅力的肯定。在这一意义上说，金庸本人对其文学的理解，乃是基于"汉语新文学"的概念而不是基于"中国现代文学"的概念。在那篇备受争议甚至因为语焉不详而令其蒙羞的讲话中，金庸

所重视的正是在与世界其他语种文学相对意义上的汉语新文学："中国近代新文学的小说，其实是和中国的文学传统相当脱节的，很难说是中国小说，无论是巴金、茅盾或鲁迅所写的，其实都是用中文写的外国小说。"他坚信，相对于"用汉字写外国的句子与文章"，"最好用真正的汉语来写中国的文学作品"。这样的说法当然过于夸张，不够公允，但他着眼于汉语文学建设，将汉语文学置于与外国语文学相比较的意义上强调汉语语言特性，以及相应的传统凸显，这样的意图相当明确，态度也相当恳切。虽然他对中国文学传统的理解也显得较为片面，认为"武侠小说才是中国形式的小说"，包括他自己创作的现代武侠小说"继承了中国小说的传统"，但他关注的毕竟是"用真正的汉语"写的小说，思维的中心在于凸显汉语小说自身的魅力。

用语不够准确并不能成为其从汉语文学而且是汉语新文学的立场界定、审视和评价小说正当性的理由。当他将现代著名作家的小说称为"外国小说"的时候，他自己对"外国小说"概念的理解显然相当模糊，完全没有进行学术界定的意识。这时候，他心目中的中国小说或者汉语小说就需要在语言表述和文化传统方面与外国文风影响下的小说划清界限。他理解的中国文学传统也相当片面。实际上，当他将其所深陷其中的汉语文学表述为中国小说或中国传统影响下的小说，并且与他含糊其词地称为"外国小说"的作品进行比照的时候，他也像其批判者一样受到了意义张力的符咒的影响，错误地担负起了他其实无力承担的历史责任和意识形态责任。

显然，金庸的直觉是准确的，虽然他的理论表述大有问题。从汉语文学与外语文学的比照意义而言，武侠文学所具有的传统根系更深更密，汉语承载的公案小说、武侠文学确实最具有中国特色，并且与外国语言文学中的同类作品相比，其民族文化特色也最清晰。但金庸说"武侠小说才是中国形式的小说"，似乎只有武侠小说才继承了中国小说的传统，这就比较片面和夸张。他应该将其强调的中心词始终表述为汉语小说，避开"中国小说"的表述，而且尽量避免将文学传统表述为中国的文化传统和文学传统，这样他这一番关于现代小说与武侠文学关系的论述才能说并无明显不妥。从中人们应能看出，他所致力于构建的只是汉语小说自身的特征与风格，而不是对国族文化传统全面负责的"中国文学"的作风与气派。

如果将金庸的文学理念在如此意义上进行展开分析，则能断定在"汉语新文学"和"汉语小说"的概念平台上研究金庸最为合适。汉语新文学视角之于金庸及其小说的研究因而获得了较大的学术空间和发展可能性。

从汉语新文学的视角研究金庸及其小说，能够有效地避免将具体的研究对象与国家、民族等宏大概念直接联系起来的思维方式和表述方式，从而也有效地避免这样的思维方式和表述方式所天然地带来的意义张力对学术表述的影响。与此同时，研究者的思路会很自然地调适到与金庸的观察点相接近的学术焦点之上，那就是在相对于外国文学的意义上看武侠文学的特性和价值。当人们将武侠文学和金庸小说放在与外国语文学相对的意义上进行考察的时候，人们一般不会再去计较它们与所谓精英文学或者纯文学、雅文学之间的复杂关系，甚至不会在历史的纵向发展面上过多地纠缠文学的雅与俗的问题。

从对研究对象进行学术分析的理论角度来看，区分文学的雅与俗，不仅十分必要，而且相当有效。严家炎虽然一贯高评金庸小说的创作成就，但他从来都趋向于从雅与俗相对应的意义理解金庸及其小说，只不过认为金庸的创作"超越了"雅俗文学的一般传统，达到了"雅俗共赏的理想境界"，而文学的雅俗对峙则是基本的文化格局，甚至是文学发展的内在动力。于是，他的观点与那种为了抬高金庸及其武侠小说的地位，矢口否认文学雅、俗区分的可能性和必要性，甚至有意贬雅文学而褒俗文学的偏激倾向相比，显然更富有学术理性的精神。

雅、俗文学都是在十分相对的意义上分别言说并且仍然难以说清楚的对象，两者之间的区分很难有清晰的理论厘定。因此，那种关于泯却雅俗之争甚至模糊雅俗之分的学术呼唤也不是没有道理。当雅俗之争或雅俗之分退隐之后，金庸文学的地位的取得就会顺理成章，同时更容易贴近文学历史的真实。

诚如严家炎所清晰地指出的那样，既然"20世纪中国文学"中充满着雅俗对峙的情形，甚至这样的对峙成为文学发展的内在动力，那么从20世纪中国文学和中国现代文学的视角进行具体的写作现象研究，往往就很难绕开雅俗之争或雅俗之分的问题。只有从面对世界文学以及外国语文学的汉语新文学出发，才可能真正将汉语所写的白话文学当作一个整体来对待，而不是先分出它们的雅俗品性，金庸研究和整个现代文学研究才可能淡忘甚至免除文学的雅俗计较。特别是面对其他语种的文学，雅俗的计较常常成为不可能。林纾在清末翻译的外国小说较多地属于通俗文学，但在他哺育和影响一代中国现代文学家的过程中，人们并没有将这些作品当作通俗文学。汉语小说和汉语新文学在面对外国语文学的时候，也自然无须在内部先分辨出雅俗类别来。也正是在这样的意义上，金庸关于用汉语写作中国小说的论述显得特别难能可贵。

从汉语新文学的视角看金庸小说，会有更加充足的理由让人们认知这代表着一种经典的完成。金庸的武侠小说具有深厚的传统文化根底，所传达的是汉语小说语言的精湛和叙事的特性。它所用的语言基本摆脱了传统文言小说甚至旧体白话小说的痕迹，以异常的纯熟和精美，成功地参与现代汉语白话文的规范构建。它塑造的人物以其全部的生动性显示出汉语表现力的强健有力，它叙述的故事演绎着汉语文化世界的神秘幽微和非同凡响。同时，它的思想精神又充盈着现代气息，即便是在类似神话的世界也带有"人的文学"的浓厚色彩。因此，仅用小说作为典型的汉语新文学创作，是汉语新文学创作中足以与世界其他语言文学进行对话甚至进行竞争的文学典范。

在这样的描述中，每一个方面都可以展开丰富而详密的论证，都可以通向切实而精审的研究。金庸及其小说研究在"汉语新文学"的概念平台上有许多待写的文章，这也意味着有非常广阔的学术可能性。在汉语新文学的学术世界，人们可以解除强加给金庸及其作品的意义张力的束缚与缠饰，可以在真正面对世界文学的意义上直面仅用作品的"地方色彩"和汉语品性，可以领悟到汉语小说对世界文学作出自己贡献的另一种可能性，从而在一种新的视点上进一步理解中国文学之于世界文学的关系。

除此以外，尚需要考察金庸在溢出中国版图的整个汉语新文学范畴内的文学影响，也需要考察汉语新文学世界中金庸创作所起到的凝聚作用和整合功能。即使金庸不是中国现代文学语境中最方便的话题，也一定是汉语新文学语境中最合适的话题。

第二节　莫言的文学存在
及其汉语文学意义

一个国家、一个时代的典范作家，对评论者和一般读者而言，其意义不是只体现在他的文学创作方面，而是立体地体现在他的所有写作方面，体现在他的所有行为方面，体现在他作为社会人的存在的方方面面。当历史选定了莫言作为这个国度在这个时代的一个典范作家，他的几乎所有作为以及与这种作为相关的一切方面，都注入了文学存在的命意，都具有了文学存在的意义。

在汉语新文学世界，莫言的文学存在具有十分重要的意义。这是从文学社会学范畴论述莫言这样的典范作家的一种思路，也是在一定范围内判断典范作家的一种学术范式。在社会领域中，一定的存在总是代表一定的意义，而且对社会认知和社会评价系统而言，一定的存在所代表的意义往往趋于单一性。鲁迅做过许多学术研究工作，还参加过包括左联在内的社团活动，然而他作为历史认知和文化评价的社会存在体现为趋于单一性的文学意义，也便是文学存在。类似的典范作家还有王蒙，他做过教师，当过政府高级干部，然而作为历史认知的对象，作为更大范围和更为普遍的社会评价对象，王蒙毫无疑问被理解为一种文学存在。作为这个时代的典范作家，莫言的文化命运同样被注定：在历史认知和社会评价方面，他注定属于能够代表这个国家和时代的文学存在。

一、社会拥有与文学存在

作家的主要事功当然是创作，作品永远是作家文坛地位乃至社会地位的评定依据。莫言的巨大声誉和影响力毫无疑问主要来自他出类拔萃的文学创作，特别是小说创作。他用一部部具有思想和历史内涵，具有丰富情节和奇异构思的长篇小说，构筑起当代文学醒目而独特的一脉灿烂风景，使得他的文学影响大大超越了文学世界而进入广泛的社会生活领域。

一个伟大的作家不仅仅是一个文艺的创作者，他还要承担多方面的社会责任和文化责任。一个艺术家天才般的创作可能与他的欣赏者关系更为直接，而一个典范作家的作品往往被赋予时代精神和民族品格的象征意义，因而有时候负载着难以承受之重，这也说明了为什么作家的地位较之一般的艺术家更为崇高。在文化史上，作家的地位之所以崇高，至少高过其他艺术创作者，就是因为在这特殊的精神创造领域。在这集约着尽可能深刻的思想和丰沛的情感的艺术创造中，作家的社会责任和文化责任往往更加突出。有资料表明，"人类灵魂的工程师"最初是斯大林送给作家的称号，后来被米哈伊尔·伊万诺维奇·加里宁演化为对教师的赞誉，但却很少被引向对艺术家的称颂和期许。同样进行艺术创作，作家的地位和社会期许一般会高于美术家、音乐家。其中有许多原因，但作家的文学写作一般更容易被赋予更多更深的超越于艺术和技术的思想意义，应该是这种习惯性社会评价的一个重要原因。

如果说作家和文学作品是一种特殊的社会存在，那么对于整个社会而言，典范性的有巨大影响的作家以及他们出类拔萃的作品一经形成便成为社会的共同精神财富，为社会所关注，成为"社会拥有"的一种文学存在。当然，并不是所有的文学艺术家及其作品都能够上升到"社会拥有"的文化层次，一定是那些能够被社会文化优选为代表一个时代的典范性作家及其具有历史性和审美标志性的作品才能成为这种意义上的"社会拥有"的对象。这样的判断并不适合于一般的文学创作者，但非常适用于莫言这样的时代文学的代表人物。莫言作为这个时代的典范作家，获诺贝尔文学奖所引起的公众狂欢效应持续良久，其社会关注度远远超出一个创作者应该具有的。在社会的一般认知中，文学与其他艺术类型相比，更具有心灵和精神领域的良师益友的文化效应，以至于杰出的文学作品并不意味着为其真正的读者所拥有，它们实际上几乎与每一个社会成员有关。莫言及其作品事实上成了"社会拥有"的当然对象，而不仅仅是一般的文学阅读效应。

莫言作品作为文学存在所具有的"社会拥有"意义，为人们思考杰出的文学作品和即便是同样杰出的艺术品之间的社会地位差异性提供了理论参照，前者所具有的社会关注度以及社会意义总会明显超出后者。哪怕是价值连城的艺术品，一般都有明确的拥有者或藏家，只有在海关条例或文物法的意义上才象征性地为国家所有，正常情况下一般社会人不会对这些艺术品产生一种自然的关联感。但以杰出的文学作品为代表的高层次精神产品及其创作者，却在社会观感和文化属性意义上具有普遍的社会相关性，因为在习惯上这些杰出作品不仅凝聚着杰出作家个人化的思维结晶和审美创造，而且体现着一定时代具有代表性的精神收获，甚至成为一定时代精神文化的卓越代表，因而即使不是在文学教化的意义上，作为杰出的精神创造体和相应创作品的作家与作品也很容易成为"社会拥有"的对象。

杰出的文学作品之所以比其他艺术品更容易成为"社会拥有"对象，是因为以语言文字承载的文学作品的精神内涵最复杂。文学的表现是由一般工具——语言文字承载的，而不是由特殊工具——色彩或音符承载的。色彩或音符的使用需要技术性的培训和历练，而一般工具的语言文字不需要技术性因素的参与，它表现思想情感或精神内涵的自由度就相对较高，不像其他艺术需要通过特殊工具运用色彩和音符等技术含量较高的载体进行艺术表现，相对而言这样的表现与文学表现相比就失去了很多自由度。显然，作品的思想容量或精神含量与艺术表现的自由度成正比。承载和表述工具越简单，艺术创作的自由度就越高。因此，文学作品可能蕴含的思想、精神和情绪往往明显超过其他艺术门类。

在其他艺术门类中，建筑的承载材料和表现工具最为复杂、特殊，艺术表现的自由度会严重受限，因而建筑艺术所蕴含的思想、精神因素就最为单薄。一般建筑艺术作品的精神阐释往往只需要一两句话。其次是雕塑，所需承载材料和表现工具也相当复杂，表现的自由度也很小，其作品所蕴含的思想、精神因素也相对薄弱，对它的阐解往往可以用一个句群或一个不超过一页的文字段落来完成。与建筑和雕塑相比，绘画所需承载材料和表现工具较为简单，艺术表现的自由度相对提高，艺术的表现力也同样增加，其作品所蕴含的思想、精神因素同样得到增强。对一幅成功画作的解读往往需要一篇两三千字的文章。

当然，这样的精神含量无法与文学相比。由于文学创作承载的是语言文字，在艺术构思与文学创作中，对语言文字这种一般工具的使用不包含任何技术因素，艺术表现的自由度最高。文学的表现力是那么直接，因而哪怕是篇幅有限的文学作品所包含的精神和思想内涵在外在篇幅上也常常大大超过其自身。全篇只有 20 个字的《静夜思》，其思想可以写成两万字的长文。更何况，文学创作还有篇幅上无限延展的自由，似乎并不明显受到规定和限制的各类长篇巨著层出不穷，这是长期以来引人入胜的世界文学景观。

一个作家的写作自由度是其作品蕴含较大思想深度和精神能量的必要条件，这种自由度不仅体现在承载方式和使用工具的简单灵便，而且体现在体裁选择和写作方式的复杂多样。一般来说，杰出的作家很少局限于一两种体裁的写作，他最擅长的或许是诗歌或者小说，但当他意识到自己已经成为"社会拥有"的当然对象，他的作品必须倾注更多的思想和精神内涵，这使他对社会、人生乃至政治、文化等产生一种批评的责任感。这样的批评属于社会批评和文明批评的范畴，有时未必一定通过他所熟悉的文体加以展开，甚至不是以文学的笔法进行操作，但这仍然是文学家的写作。因此，对一个典范作家而言，社会的期待、文坛的期待往往会超越文学创作本身。一个作家赢取社会评价的资本不仅仅限于他的创作成就，他的文明批评和社会批评、他的社会关怀和相关事务、他的文化责任及积极的承担，都是社会关注和价值审定的内容。鲁迅之所以被定位为现代中国思想文化的宗师、现代中国最杰出的文学家，并非仅凭《呐喊》《彷徨》《野草》《朝花夕拾》《故事新编》等在篇幅上较为有限的"创作"，还与他始终热衷的社会批评和文明批评有关，与他大量有意义、有影响力的文化活动乃至社会活动有关，与他所有独特而伟大的社会存在密切相关。

莫言的社会批评、历史批评、文明批评和文化批评主要通过他的创作深刻而强烈地体现出来，由此构成的巨大批判性使得他的作品显示出震撼人心的力量，显示出与众不同的气度，显示出不仅仅属于文学的写作风采。同新中国所有杰出的作家，如王蒙一样，莫言没有能充分地、直接地展露出鲁迅式的社会批评和文明批评的笔锋，因而他在文学领域批评本体的写作并不突出。但其作品的巨大批判性使得他在批评本体意义上并不缺席，他的小说对国民劣根性深度的挖掘及广度的揭示，可以列为一个世纪以来最痛楚的民族痼疾的呻吟。在他的文学世界，随处都能领略情感天地、悲泣鬼神的伟岸人格，同时也随处都能体验宵小之众、卑鄙之群的社会底蕴，诚如他在《红高粱》中对自己家乡的描述："高密东北乡无疑是地球上最美丽最丑陋、最超脱最世俗、最圣洁最龌龊、最英雄好汉最王八蛋、最能喝酒最能爱的地方。"他的高密东北乡就是华夏万里图的缩影，他的红高粱伟岸和卑劣并存的意象，他对红高粱敬仰与批判齐施的笔意，在《丰乳肥臀》《天堂蒜薹之歌》《檀香刑》《蛙》《生死疲劳》等作品中都普遍存在，而且展演得更生动，表现得更浓烈，使用得更自然、更潇洒、更出神入化。

莫言的文学存在最实际的意义自然在于他的文学创作。他的文学批评本体和相应的文学行为也主要通过他的创作得以体现。如果说王蒙的文学存在还包含较多的批评本体和学术本体的文学行为，莫言则是汉语新文学世界文学存在主体中最倚重创作的特定对象。事实上他不是弗·施勒格尔所说的"一个真正自由"的人，因为他还难以做到像鲁迅那样"能够自己使自己随心所欲地具有哲学或语文学的、批评或诗的、历史或修辞学的旨趣"。在某种意义上，王蒙正朝着这样的境界努力，莫言还无暇进行类似的努力。不过，文学存在是指这样一种对象的历史性和现实性的肯定：它属于文学行为的独特主体，经常同时也是文学创作的突出主体，不过这一文学主体早已超越文学作品甚至文学写作，成为一种无法绕过的社会现象。也就是说，作为一个综合性的社会存在，为文学内外的世界所关注、所讨论，由此甚至延展为一种有价值的文化现象。莫言的文学存在意义正在这里，他所有的文学写作都是文学行为的结果，即便他从事其他的艺术行为甚至社会行为，如他写书法，他进入外事的角色出国访问，他从事各种社会活动等，这一切都会被汉语文化界以及华人社会理解为一种文学行为，一种与莫言这个文学存在个体相关的文学行为。因为莫言作为文学存在个体具有足够强大的能量，使得他的一切行为都理所当然地被人们理解为一种文学行为。

拥有文学存在是一个民族文学成熟的标志，文学存在的特定个体可以将文学的因素、文学的作为、文学的现象转化为全社会拥有的资源，这既肯定了一定时代一定语种文学的成熟度和优势，也围绕着特定的文学存在个体让这个时代这个语种的文学进入了"社会拥有"和民族生活的视野。

于是，作为汉语新文学世界的有特别价值的个体存在，一个真正可以称得上文学存在的对象，莫言的社会文化意义早已超越一个作家、一个写作者的范畴，他凭借着自己的作品，凭借着作品的世界性影响及其对本民族文学和文化的杰出贡献，已经成为汉语新文学向世界文学发言的一个杰出代表，已经成为汉语文化和文学记忆中的一个必要成分和必然现象，他的文学存在已经沉淀为汉语文学史、汉语文化史甚至汉语社会的一般性知识。文学存在就是这样，他势必沉淀为一般性的知识，而且是社会对其组成人员所要求了解的那样一种知识。作为知识对象的文学存在意味着，无论你是否从事与文学相关的工作，你这方面的认知缺席都会被认为是一种知识结构上的欠缺。

作为文学存在主体，莫言正在成长为中国当代文化的一个精神资源式的人物。资源的意义正在于他的"存在"。无论是他的信仰者和追随者，还是他的反对者和责疑者，都不得不围绕着他这个巨大的存在而发言。他的影响深入到中国现当代社会的几乎各个层面、各种话题、各色领域，然而人们在讨论他、谈论他、评价他的时候，首先将他定位为一个文学行为主体。因此，这个重要而巨大的存在是文学存在。文学存在主体向其所在的世界展示着文学创作的核心内涵、文学行为的全部内容，还有辐射到文学以外的各方面影响的综合效应。这些综合效应也许与文学无关，而是渗入其他学术领域，如莫言的文学存在，便会在中国现代政治学、社会学、心理学、文化学、历史文献学等许多方面引起种种话题。程光炜教授在《文艺争鸣》2015 年第 5 期上发表的关于莫言家世的详细考证，表明莫言文学存在的意义已经得到了学术的确立与承认。

二、莫言与诺贝尔文学奖

中国文学界长期以来都存有诺贝尔文学奖的某种心结。2000 年，旅法汉语文学家高行健荣获此奖，但由于其特殊的政治背景，这件好事给汉语文学界带来尴尬多于兴奋，争议多于欢庆。时隔 12 年之后，莫言以独特、丰富且卓有影响力的汉语文学创作重获诺贝尔文学奖，虽然免不了同样会有争议，同样会传出不同的声音，但无疑给整个汉语文学世界带来了一种活力、一种助力、一种兴奋剂、一种定心丸。如果说荣登诺贝尔文学奖授奖殿堂意味着多少年来汉语文学界的"中国梦"，那么真正将这个美梦付诸实现的文化英雄是莫言。正是他，实现了属于几辈中国人的光荣与梦想。

早在 1927 年，鲁迅就卷入了中国作家与诺贝尔文学奖的风波。那年一位喜好文学的瑞典探测学家拟推荐鲁迅和梁启超获诺贝尔文学奖，并请刘半农通过台静农与鲁迅沟通。鲁迅感谢了各方面的好意，然后明确表示："诺贝尔赏金，梁启超自然不配，我也不配，要拿这钱，还欠努力。"他认为当时的中国"还没有可得诺贝尔奖赏金的人"。鲁迅当时讲这样的话非常真诚，因为他认为自己翻译的《小约翰》的作者——荷兰作家弗雷德里克·凡·伊登就应该获得此奖。他还坦诚地表示，我们中国文学做得还不够，西方世界不能因为我们使用汉语就格外降格以授。这显示出一个伟大的文学家所具有的捍卫汉语文学的尊严，了解汉语文学的弱势，胸怀世界文学的坦荡与毅力。很显然，鲁迅与诺贝尔文学奖的关系并未密切到进入正式提名程序的地步，这一事件的意义在于表明汉语文学界已经关注诺贝尔文学奖并表示出足够的尊重，表明包括鲁迅在内的中国现代文学家对这个奖项确实非常看重，评价甚高，更表明鲁迅的伟大、真诚与谦逊。至于瑞典文学院诺贝尔文学奖评审人马悦然在 2008 年至 2010 年间到处演讲，说鲁迅"拒绝接受"诺贝尔文学奖是一种"谣言"，这显然有些夸大其词，甚至是危言耸听。他说他"查了瑞典文学院的档案之后，肯定地说这只是谣言"，显然是他还没弄懂这事情的来龙去脉。既然没有进入正式的提名程序，瑞典文学院的档案里当然查不到任何这方面的信息。

1938 年，诺贝尔文学奖授予美国畅销书作家赛珍珠。获奖作品《大地》虽以英文写成，并在美国畅销，但它所描写的是中国农村的故事，赛珍珠又在中国长大成人，并以汉语为第一母语，因此人们习惯将这位美国作家的获奖与诸多的中国因素联系在一起。这也成了汉语文学与诺贝尔文学奖之间无法绕开的渊源。此后，战祸频仍，内乱不断，文学主流立意于社会事功，甚至一度割断与世界文学界的联系，汉语文学获诺贝尔文学奖的事情也就逐渐被人们忘却。有消息说这期间瑞典文学院分别运作过老舍、沈从文获奖事宜，但最终结果出现之前，相关作家却不幸去世，因而汉语文学在有限的两次机会中与诺贝尔文学奖擦肩而过。在这方面，十数次参与诺贝尔文学奖评审的谢尔·埃斯普马克显得更为实事求是，他公开承认，1968 年，中国作家老舍有可能得到诺贝尔文学奖。20 世纪 60 年代，诺贝尔文学奖评委会一直在考虑颁奖给一些亚洲作家，但激烈的讨论却持续了六七年，在此期间一些作家陆续辞世，其中就包括 1966 年去世的老舍。他又承认在 20 年后，沈从文曾经成为距离诺贝尔文学奖最近的人。沈从文于 1988 年 5 月在北京辞世，距离当年诺贝尔奖评选揭晓仅剩几个月。

也许是沈从文未获奖的消息在发酵，20 世纪 80、90 年代之间的中国，汉语文学与诺贝尔文学奖的关系问题再次成为汉语文学世界的讨论热点。评论家们纷纷探讨和分析诺贝尔文学奖的评审机制，翻译家在暗暗选择可能的对象，一些作家则在谋篇布局、摩拳擦掌、跃跃欲试地进行努力，一些国外媒体和评论者则在煞有介事地作出各种预言或者发表各种言论，当然还有不少网友参与进来。然而一年又一年的期盼，一年又一年的失望。相当一段时间内，诺贝尔文学奖成为汉语文学世界的一个不说难受、欲说还休的话题，一种包含着焦虑、沮丧甚至有些愤愤不平的情绪，甚至是一个解不开的心结。

2000 年，著名剧作家高行健出人意料地以流亡在异国他乡写出的长篇小说获得诺贝尔文学奖。但高行健当年获此殊荣并没有令中国文学界彻底解开这个心结，因为获奖者本人特殊的政治身份和国际身份，也因为他获奖作品并未得到汉语文学界的广泛承认这一基本事实。这个多少有些尴尬的诺贝尔文学奖并未引起汉语文学界的足够的总体兴奋，其所导致的尴尬具有多重形态。中国政府外交部正式谴责这样的颁奖，使得一个文学奖大而无当地引发了国家立场的抗议，这种夸张的过激反应使得当局显现出某种尴尬。当然，颁授诺贝尔文学奖的主体方同样处理得比较尴尬，他们没有对高行健业已形成巨大影响的戏剧作品授奖，而是将奖项授予作家并不擅长的小说创作，授予尚未在汉语文学世界拥有读者（更不用说产生影响）的长篇小说新作《灵山》《一个人的圣经》，这不仅仅是一种冒险，也构成了某种尴尬。如果说在中国大陆由于政治原因高行健的此次获奖遭遇尴尬尚属自然，那么在包括我国台湾在内的其他地区并未掀起持久的热潮，反应明显偏冷，这样的事实便显示出其在汉语文学世界的尴尬。显然，这与高行健的获奖作品未能在汉语文学世界和汉语读书界形成一定的影响有很大关系。

也许有了高行健获奖的铺垫，莫言获奖没有给汉语文化世界带来巨大的冲击性的震动，没有在汉语文学以外的世界形成想象中的持久轰动效应。但莫言作品的社会影响力和国际影响力得到了巨大的释放，莫言以他巨大的成功带给汉语文学世界的种种正能量具有长时间的效能。2013 年 4 月，莫言在澳洲的中澳文学论坛上表示："再过六个月，新的诺贝尔文学奖得主就会出炉，到那个时候，估计就没人理我了。我期待着。"然而直到现在，莫言仍然是汉语文学世界和汉语文化圈中的热门话题，莫言的"期待"将继续落空。

三、莫言文学：历史的哈哈镜

莫言原名管谟业，出生于山东省高密市。童年时在家乡小学读书、劳动，直到 1976 年入伍参军始离开家乡。他在念小学时便对文学格外感兴趣，经常偷看"闲书"，包括《封神演义》《三国演义》《水浒传》《儒林外史》等古典小说和《青春之歌》《破晓记》《三家巷》等现代小说，还有当时所能读到的《钢铁是怎样炼成的》等外国作品。他经历了中国现代史上极其困难的一段时期，也经历了"文化大革命"。在动乱年代，想读的书无法得到，他甚至读《新华字典》，并靠着一套《中国通史简编》度过了那段岁月，接着又背着这套书走出家乡。在部队担任图书管理员期间，他才有机会阅读大量的文学书籍，还钻研过不少哲学和历史书籍。厚重的家乡生活体验，厚实的文化阅读经验，加之天生的丰富想象力和天才般操弄语言的能力，使他成就为一个风格独特、底气雄厚的作家。他 1981 年开始发表小说，启用了"莫言"作为笔名。一般认为，他起这个笔名是为了提醒自己不要"放炮"，告诫自己要少说话，不过更明显的立意还是暗含自己的原名：既与本名"谟业"谐音，又是字辈"谟"字的分拆。

入读解放军艺术学院文学系和鲁迅文学院的研究生班，是莫言精彩的文学旅程的两个加油站，这期间，他因发表了《透明的红萝卜》而一举成名，又因创作了中篇小说《红高粱》引起文坛极大轰动。接着连续创作了长篇小说《天堂蒜薹之歌》《酒国》，显示出超卓的想象力和高超的情节构思才能、语言表现才能。20 世纪 90 年代初，《红高粱》英译本在欧美出版，引起热烈回响，被《今日世界文学》评选为"1993 年全球最佳小说"。《纽约时报》评论说："通过《红高粱》这部小说，莫言把高密东北乡成功地置于世界文学的版图之上。"自此，莫言作为当代汉语文学大师以及世界著名文学家的崇高地位得以确立。

此后相当长一段时间，世界汉语文学在一定意义上迎来了一个莫言时代。他的长篇小说《丰乳肥臀》获得国内赏格最高的"大家文学奖"，《红高粱》入选《亚洲周刊》评选的"20世纪中文小说100强"（第18位），法文版《酒国》获得法国儒尔·巴泰庸外国文学奖。嗣后，他陆续获得"法兰西文学与艺术骑士勋章"及意大利诺尼诺国际文学奖。在亚洲，莫言屡获日本福冈亚洲文化大奖和韩国万海文化大奖，由此被誉为"引领亚洲文学走向世界的旗手"。这个旗手又是一位不折不扣的写手，除了上述作品，他还奉献出了《食草家族》《四十一炮》《檀香刑》《生死疲劳》《丰乳肥臀》《十三步》《红树林》《蛙》等长篇小说，为数依然可观的中短篇小说和散文，以及诗歌和戏剧。

无疑，这是一个多产的作家，然而同时，这又是一个具有鲜明风格特征，并在坚持自己风格的基础上努力构建独特文学世界的雄心勃勃的作家。汉语新文学世界的普遍欢迎与接受，诺贝尔文学奖等世界性大奖的获取，从一个重要方面说明，他以鲜明的特色构建属于自己文学世界的企图心并不是一番狂妄的野心。

莫言文学的风格特征是如此的鲜明强烈，以致任何读过其作品的读者，无论是否喜欢，都无法不留下深刻的印象，而且是一种在阅读别人的作品时所难以获得的印象。它精神粗犷、语言奔放、情节波诡云谲、人物纷繁复杂，既反映出一个文学巨擘自由快意的写作狂欢，也体现出一个善于"讲故事"的人摄人心魄的超人技艺。莫言善于写历史，写饱经磨难和灾难的中国近现代和当代历史，以自己的家乡——山东高密甚至是相对狭小的东北乡为创作基点，透过这片偏僻、贫穷而丰富、神奇的土地，折射乡土中国主要是近一百多年的内乱外患、悲壮狂恣与血雨腥风，其中有英勇的流血、壮烈的牺牲，也有苟且的存活、贪婪的掠夺，有正义的呐喊、血性的抗争，也有宵小的背叛、屈辱的呻吟，有残暴的虐杀、兽性的荼毒，也有如水的柔情、如歌的温馨。近代中国的天道纷乱，现代中国的烽火连天，当代中国的天灾人祸，在莫言的创作中得到了如此生动、翔实而充满荒诞的谐谑性的表现。如果说托尔斯泰可以称为俄国历史的一面镜子，则莫言的文学浑似中国近现当代历史的一面哈哈镜。

哈哈镜由凹凸不平的镜面造成，利用物距、像距之间各个点的差异性，形成焦距的变换，从而使得镜中同一平面的成像呈现出奇异怪诞的效果。将这样的成像原理用诸近代以来中国历史、文明、社会及种种事件，并加以文学的表现，可以成为解读莫言文学的一种路径或一个视角。莫言瞩目于百多年来中国的社会政治风貌，不断变换自己的视角，调整自己的聚焦，或推远焦点以模糊处理棘手的事件和人物，或拉近焦点甚至采用显微透视方式细腻地表现历史动作、人物行为与特定时代的社会心理，或直接采用变形乃至穿越的技巧，将铁一般真实而沉重的历史在某种荒诞或怪异的意象中付诸文学表现，然而这样的荒诞有着浓厚的现实演绎的成分，这样的怪异传达出的是对现实的批判与重铸的激情。

这架结构复杂、成像丰富的哈哈镜，面对历史的宏大和开阔，特别是面对重大的历史事件和重要的历史人物，所采取的往往是推远焦点的措施，使得这些历史的必然对象既成为其文学的必然对象，又可以避开正面表现，甚至可以进行模糊和淡化处理，而将大量的笔墨留给底层的凡俗人生。正因如此，《檀香刑》中面对戊戌变法等重大历史事件，涉及袁世凯等重要历史人物，都采取焦距推远的策略，使得这部历史传奇成功地淡化了而且避免了宏观叙事。在宏观历史与微观人生之间，莫言更关注后者，他的写作激情往往与社会最底层痛苦的呻吟或放恣的狂欢紧密联系在一起，对于上层社会和高端人生，他宁愿采取隔空观望的办法，推远焦距予以淡化。对重大历史事件和历史人物视若无睹或完全回避，会在一定程度上削弱作品的历史感和时代感，使得作品丧失时代的纵深感而浮掠在历史的表面。但过多地停滞于宏大叙事之间，较多地黏附于重要人物的言行，会使得作品拘泥于历史的真实，局限于事实的方寸，小说顿时会失去灵动的活力与自由的魅力。莫言的小说立意于历史批判，纵横于时代透视，在并不回避重大事件和重要人物的前提下，推远观察和表现的焦距，淡化乃至模糊宏大叙事的应有内容，从而体现出历史批判的灵活度，体现出透视时代的自由度。

相比于推远焦距以缩小宏观历史的痕迹，莫言更加擅长拉近焦距以扩大日常人生的成像。他善于将生活现象和人们的心理，甚至包括写作者自己的心理状态，以放大甚至夸张的笔法进行显微式的摹写与刻绘，有时甚至是令人心灵震颤、令人毛骨悚然的解剖与展露。惊悚的如《红高粱》中活剥人皮的残酷与惨烈；神异的如《丰乳肥臀》中，游击司令肩上的一块肉被日本人砍下之后，兀自在地上跳荡，被司令捡起来按在原部位以图恢复，但那块肉却又赫然跳下，直待伤者将其摔死，才得服帖，然后任凭包扎。这种夸张的笔法以一种无法忍受的变形处理，其悲烈、惨烈、暴烈，却正是为倔强而刚阳的生命及其固有的价值哀哀哭号、呼天抢地，让读者震动、震撼、震惊，在这震动、震撼和震惊中体悟生命的意义、生命的疼痛、生命的尊严和价值。

或是推远焦距，或是拉近焦距，其文学处理的效果往往是变形。莫言最擅长变形手法，也稔熟于变形构思。他广泛汲取民间文学的营养，经常将民间文学中的鬼灵精怪作为载体，承载所要呈现的现实故事，因而许多批评家由莫言联想到他那个非常著名的同乡——蒲松龄。其实莫言与蒲松龄，除了都对民间故事特别是狐鬼故事感兴趣，很少有共同之处。如果说在蒲松龄那里，民间的狐鬼故事就是他的叙述对象和言说本体，则对于莫言来说，传说中的鬼灵精怪的故事只是他构想或者组织现实人生故事的一种寄居的外壳，一种借助方法，甚至是一个叙事角度，他所要借此、凭此讲出的故事都是现实的活剧，都是历史批判和时代透视的沉痛结晶。

《生死疲劳》于此显现得最为清晰。主人公西门闹几番"投胎"，先后成为驴、牛、猪、狗、猴，最终又成为大头婴儿，通过这六道轮回的主体的"眼光"，审视中国农村土地改革以来的种种变革，批判了在多重政治背景下山乡巨变而人性依旧的惨痛现实。民间神话中的六道轮回说成了作者结构故事的一种方式，成了作者获得"全知视角"的一种借口，成了他的一种叙事载体。作为说故事的人，作者非常自如地抽身离开了"西门闹"这个人物的行为限制，而通过不同阶段、不同形态的"轮回"，不断获得不同时期面对不同人群的现场参与权和现场陈述权，从而非常自由地完成了数十年的历史传述。

这部小说是典型的东方"变形记"，同弗兰兹·卡夫卡（Franz Kafka）的经典作品一样，变形的目的不过是寻找一个突破人物行为限制的"全然而知"的全知视角。当一个变形的"人"成为一个类似于甲壳虫式的具有神秘来历的动物，或者当一个"人"获得了几次投胎转世的经验并且历历在目、记忆犹新，他所具有的就不仅仅是处处在场的目击和窥视的能力，由这样的能力演化而来的"全然而知"的"全知"视角，他还可以深入到凭借人力所无法抵达的人和"动物"的心理世界，进行类似于超声波一般的心理透视和灵魂透视，这样的视角就不是一般的"全知"视角，而是"超然而知"的"超知视角"。莫言的许多小说都通过人物的变形、世态结构的变形、时间空间的变形转换等，成功地进行着这样的"超知"叙事。

莫言是一个对历史充满好奇，对现实充满责任感的作家，几乎每一部作品都立意于对历史的清算和对现实的反思，在清算和反思中悄然蜕脱了政治的判断，甚至往往游离了世俗是非的判断。这样的清算和反思往往显得十分艰难、沉重，甚至危险，于是作家只好采用哈哈镜的成像原理，以不断变焦的灵活与狡智让历史的面貌变得时而清晰，时而模糊，让时代的尘影变得时而失真，时而祛魅，让严酷的现实在叙事中变形，让如铁一般真实的人生在变形中卸去一些沉重，抹去一些惨痛，沾上一点幽趣，染上一点诙谐，于是完成了哈哈镜表现历史与现实的程序，也达到了哈哈镜处理真实成像的效果。

四、莫言文学之于汉语新文学的意义

莫言 30 多年的文学创作，成就了他自己的辉煌，成就了当代中国文学的世界性辉煌，也成就了汉语新文学的历史性辉煌。他的业绩不仅使当代中国文学在世界文学范畴内建立起崇高的声誉和卓越的功勋，而且使世界范围内的汉语文学界，特别是汉语新文学创作界，面对世界各语种文学，如英语文学、法语文学、德语文学等，建立了历史的自信心，恢复了时代的自信力。如果说鲁迅当年诚恳地推却诺贝尔文学奖的非正式提名，是基于对中国现代文学自信力的不足，那么莫言的获奖在一定意义上增加了这种自信力。

在电子文明全面袭来的传媒时代，汉语的重要性甚至汉语的传播作用都被直观地搁置一旁，而在几辈作家或与诺贝尔文学奖擦身而过，或为此奖上下求索而屡遭败北的情形下，汉语文学的前途似乎显得颇为幽暗，甚至传统意义上的文学写作的正当性都愈益显得有些模糊或暧昧。在审美意义或艺术追求方面，汉语文学一度似乎失去了本该应有的自信。莫言的巨大成功恰如一味兴奋剂，使得包括当代中国文学在内的汉语文学重新拾起对传统写作的信心，使得包括当代中国文学在内的汉语文学在一定意义上重新获得了社会的关注与承认。虽然文学界一般认为，仅凭莫言的成功并不能使已经边缘化的文学重新回到社会文化的中心，但在社会文化生活已经将文学边缘化的传媒时代，如果文学能够像这样时时被关注，时时成为舆论和大众兴趣的热点，就足以说明它值得肯定的社会地位和文化意义。

莫言的获奖带来了各种嘈杂的议论，这些议论包括对莫言文学的不认同，例如莫言作品的"残忍的刺激"，莫言语言的"病态"，等等。不少批评的声音由对莫言的关注转而对诺贝尔文学奖的怀疑与责难。这对莫言来说未尝不是一件好事，因为像莫言这样一位文学大家，应该具有欢迎批评家提出负面意见的胸怀和气魄，他毕竟是年富力强的成功者，在文学之路上还有很长的路要走，任何负面的甚至是否定性的批评对他都能够也应该起到兼听则明之效。更重要的是，无论这样的批评和指责是否符合事实，符合学术理性，是否出于个人好恶，它至少可以让中国人和汉语世界在一定意义上消除对诺贝尔文学奖的某种疏离感，以及由此激发出来的神秘感。这是我们理性地、客观地对待诺贝尔文学奖的心理基础。也就是说，这些嘈杂从比较积极的方面说，意味着汉语文学世界的读者和作者对诺贝尔文学奖这个世界顶级奖项的认知回归到理性和淡定，回归到自然和清醒。从更积极的意义上说，这毕竟是世界文坛接受当代汉语文学的重要信号，是汉语文学发展水平臻于世界文学最前列的巨大标志。

曾几何时，汉语文学经常遭到来自内外批评界的毁灭性否定，类似于当代中国文学的"危机说""垃圾说"连续不断、此起彼伏，这些批评一方面可以振聋发聩，另一方面也多少影响当代汉语文学家的自信心，乃至于影响整个汉语文化世界对汉语的信心。莫言获奖以一种并不高调的姿态打破了这些妄评、酷评、恶评的符咒，让包括汉语文化圈在内的人们重新审视汉语文学及其前景，让汉语文学界恢复了对汉语文学本来应有的自信。诺贝尔文学奖历史性地肯定了莫言，在世界文坛的宏观视野中成就了莫言，更成就了汉语新文学。

参 考 文 献

[1] 白解红，王勇. 网络词语的认知语义研究[M]. 长沙：湖南师范大学出版社，
2019.

[2] 高文苗，李林青，谢安琪. 网络流行语对大学生价值观的影响及对策研究
[M]. 长春：吉林大学出版社，2020.

[3] 韩凝. 网络语言传播与社会效应[M]. 长春：吉林文史出版社，2019.

[4] 乐守红. 中国传统文化传播与对外汉语教学[M]. 长春：吉林人民出版社，
2019.

[5] 李春雨. 中国当代文化传播与汉语国际教育[M]. 北京：文化艺术出版社，
2019.

[6] 李蕾. 现代媒介视域下的中国当代文学[M]. 南昌：江西科学技术出版社，
2018.

[7] 李临定. 汉语基础语法[M]. 北京：商务印书馆，2019.

[8] 刘继红. 汉语国际教育视域下的跨文化传播[M]. 上海：中西书局，2020.

[9] 刘钦荣，刘安军. 汉语言文字理论与应用研究[M]. 北京：中国社会出版社，
2019.

[10] 刘旭东. 现代汉语研究[M]. 天津：天津科学技术出版社，2018.

[11] 马莹. 对外汉语教学创新研究[M]. 哈尔滨工业大学出版社，2019.

[12] 潘伟斌，何林英，刘静. 现代汉语言文学研究的多维视角探索[M]. 长春：
吉林大学出版社，2019.

[13] 孙永兰. 文化视角下的汉语言文字研究[M]. 长春：吉林人民出版社，

2021.

[14] 王惠莲.对外汉语教学方法与教学模式的创新实践［M］.长春：东北师范大学出版社，2020.

[15] 王西维.汉语言文学与大学生人文素质教育［M］.长春：吉林人民出版社，2019.

[16] 吴莉.传播学视阈内的汉语国际教育研究［M］.长春：东北师范大学出版社，2018.

[17] 许燕.新媒体环境下汉语言文学教学优化策略［M］.长春：吉林文史出版社，2018.

[18] 杨敏.文学传播与中国现代文学［M］.长春：吉林大学出版社，2017.

[19] 于玲.多元化的中国现代文学思潮及其创作实践探究［M］.北京：中国书籍出版社，2019.

[20] 于鹏亮.网络流行语嬗变与审视［M］.上海：上海交通大学出版社，2019.

[21] 张德瑞，孔雪梅.汉语文化国际传播实践与推进策略研究［M］.广州：暨南大学出版社，2017.